D'une rive à l'autre

Fragments de mémoire

Salah Yataghène

D'une rive à l'autre

Fragments de mémoire

Autobiographie

Éditeur : BoD-Books on Demand
12-14 rond-point des Champs-Élysées, 75008 Paris
Impression : Books on Demand, Norderstedt, Allemagne

Photo de couverture : Œuvre de Jean Briand de La-Roche-sur-Yon

ISBN : 978-2-3222-6681-4
Dépôt légal : Mai 2021

Préface

« Le cœur à ses raisons » quand il bouscule la rationalité cartésienne. Beaucoup considèrent déraisonnable, voire téméraire, qu'un ancien combattant, appelé en Algérie, soit sorti de trente ans de silence et d'oubli, pour rencontrer des anciens adversaires ou leurs descendants.

Et pourtant, les témoins peuvent compléter les recherches des historiens par leurs souvenirs personnels, même les plus douloureux, introuvables dans les archives officielles.

Ainsi, Salah Yataghène, avait couvert, pour son agence de presse, les cérémonies du jumelage entre Tizi-Ouzou et La Roche-sur-Yon.

Qui aurait pu penser que, dix ans plus tard, notre famille aurait été sollicitée pour aider la sienne dans son exil forcé en Vendée, la Vendée, « province de géants » à jamais marquée par une terrible guerre civile de 1793 à 1796, comme la Kabylie, toujours résistante à tous les oppresseurs ?

Pour son fils, sa famille et ses amis, Salah a pu se décider à écrire ses « Fragments de Mémoire ». Avec une humble pudeur, il rappelle la vie de sa famille dans son petit village perdu dans le Djurdjura, son enfance avec son père au maquis face à nous, sa jeune mère bientôt veuve avec quatre enfants.

Elle repose désormais près de son mari tout près de leur petite maison natale, selon la coutume Kabyle.

Après les « Pieds Noirs » et quelques harkis ou autres soldats de l'armée Française en 1962, ce fut de nouveau « la valise ou le cercueil ».

Cette fois, ce n'était plus dans la ligne des règlements de comptes après les excès de l'OAS ou des courants divisés du nouveau pouvoir algérien. Après la rébellion des jeunes de Kabylie connue sous le nom de Mouvement culturel berbère en 1980, l'Algérie entrait dans les « années noires » de 1990 - 99, avec la poussée d'une « croisade » nationale et internationale barbare contre toute opposition, surtout intellectuelle ou proche de la culture occidentale.

Comment ne pas être bouleversé, en se recueillant devant les monuments aux morts de1954 à 62, et tombes de Mouloud Feraoun, de Mouloud Mammeri, du chanteur Matoub Lounes, ou en lisant la longue liste des journalistes assassinés, sans oublier celle des travailleurs Européens ou des religieux Français à Tibhirine, Alger, Oran ou Tizi-Ouzou ?

Depuis, la barbarie a continué à frapper, tant la population que les militaires, surtout avec la terrible technique des kamikazes. Serait outrancier tout jugement sur la décision de rester au pays ou de s'exiler.

Grâce aux échanges internationaux de La Roche-sur-Yon, nous sommes témoins de la richesse culturelle de l'accueil, pour l'accueillant comme pour l'accueilli, tant en Vendée qu'en Algérie.

Mais Salah a raison de souligner qu'il n'est pas toujours facile d'assurer un accueil dans le respect des différences, culturelles, religieuses, historiques, politiques et économiques ; il n'est pas toujours évident de chasser les réflexes néocolonialistes de dominant comme de dominé, pour la prise d'un pouvoir sur l'autre.

La franche et patiente explication réciproque sur le respect des règles de vie du pays d'accueil est sans doute la meilleure clef de la réussite.

Yacine, le fils de Salah, saura, par cet opuscule, d'où il vient, donc par quels cheminements il pourra construire son avenir, riche de deux cultures, partagées dans les souffrances et aussi dans les joies.

Il se rappellera que les premiers pas des échanges entre Tizi-Ouzou et La Roche-sur-Yon ont été initiés par des élèves de son âge, conduits dans la discrétion par René Pacaud et Claude Benoit , avec l'appui rapide de Jacques Auxiette alors maire de La Roche-sur-Yon et du président, malheureusement trop tôt décédé, de l'association des échanges nationaux et internationaux Fernand Montlahuc, ce grand humaniste, ancien combattant pacifiste, qui avait si bien connu l'Algérie et les souffrances de la libération de la France contre les nazis puis l'exil vers la Vendée.

Les « Fragments de Mémoire » de Salah Yataghène démontrent que le flambeau de ces pionniers continue d'éclairer ceux qui, comme lui, croient à l'avancée de la paix par la rencontre des peuples en plus des actions officielles des Nations.

Maurice Huvelin, février 2008

Ancien président de l'association pour les Echanges Internationaux et ancien membre de l'association Algérie France Amitié

« Je me suis cru perdu, j'ai cru toucher le fond du désespoir
et une fois le renoncement accepté, j'ai connu la paix. »

Antoine de Saint-Exupéry

AVANT-PROPOS

Ce journal de Fragments de vie a pour seule ambition de retracer certains faits qui ont marqué mon enfance et ma famille, et de témoigner de certains événements douloureux qui ont endeuillé mon pays l'Algérie durant la décennie noire 1992-2000 et motivé mon exil.

A mon fils Yacine, à mes frères, à ma sœur et à mes amis Maurice et Marie-Jo Huvelin, Yves-Marie Marionneau, qui représentent pour moi de véritables ambassadeurs de l'amitié franco-algérienne.

Je dédie particulièrement cet ouvrage aux Oufélliennes et Ouélliens de Taddert, mon village natal.

Avec une pensée à mes amis disparus, mon cousin Khelifa Yousfi et Kamal Bélaïdi, Nicole Montlahuc, Jean-Paul Jeffredo, Odile Pavageau et Christine Guintard.

Remerciements à Brigitte Hilico pour sa précieuse collaboration technique.

Texte mis en chantier par Salah Yataghène depuis 2008

Ce projet a mûri longuement dans ma tête et se concrétise aujourd'hui par suite de nombreux contacts salutaires et stimulants.

Je suis né et ai grandi dans le village Taddert-Oufella, commune d'Aït-Oumalou en Haute Kabylie. Une citadelle aux quatre vents qui fait face, du haut de ses 900 mètres d'altitude, au majestueux massif du Djurdjura dont le plus haut sommet, Lalla Khedidja s'élève à 2 308 mètres.

A l'instar des 1200 villages qui composent la Kabylie, Taddert était comme cette grande Famille à laquelle tout le monde veille jalousement et qui avait pour maitres-mots la solidarité à toute épreuve, l'entraide et le respect par tous des règles de vie communautaire.

La rigueur du climat avec ses neiges et ses canicules, la pauvreté du sol, auxquelles s'ajoute un relief tourmenté, ont façonné le mode de vie et d'organisation des populations. Les Kabyles ont pour philosophie la résistance et le compter sur soi.

A Taddert, les aînés ont eu pour sagesse de nous léguer un cadre d'organisation original tant il cultive le « Vivre Ensemble », le partage et le civisme à travers une instance consultative : le Comité du village. Cela s'appelle de nos jours la démocratie participative.

Sa mission est de gérer les affaires du village, de veiller à l'intérêt général, grâce à une large concertation citoyenne, via les assemblées générales d'habitants.

Durant plusieurs années, je fus membre de ce Comité. Ce fut pour moi une véritable école d'apprentissage des règles de la démocratie et d'exercice de la citoyenneté. Depuis, un passage de flambeau s'est opéré entre les aînés et les jeunes générations, lesquelles se font le devoir de le transmettre en bonne et due forme aux futures.

Il y avait une sorte de code de conduite que l'assemblée du village faisait respecter par tous. À l'âge de la majorité, on pouvait y siéger et apporter sa contribution.

Les quelques réalisations, auxquelles j'avais pris part, se résumaient à la pose du réseau d'assainissement du village, l'adduction en eau potable des foyers, la réalisation d'un dépotoir.

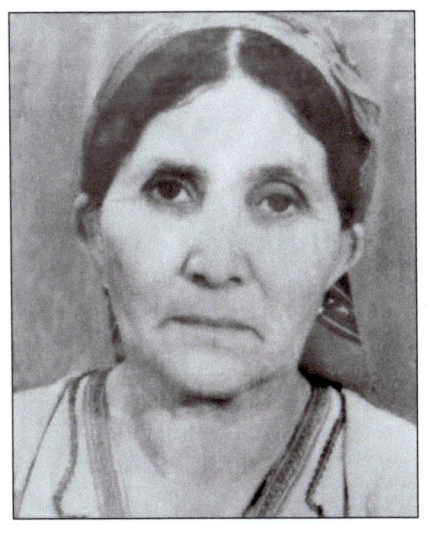

Il y a 30 ans, elle nous quittait en silence et dans la dignité.

La sortie d'une guerre sans merci pour aller vers une terrible maladie, n'est pas sans laisser chez ses enfants et toutes celles et ceux qui l'ont connue et aimée, des traces indélébiles et des blessures ouvertes à jamais.

Je raconte le combat rude de ma mère, veuve à l'âge de 24 ans. Un destin cruel qui l'a contrainte à assumer à la fois le rôle d'un mari tombé au champ d'honneur en 1961 durant la glorieuse lutte de libération nationale, et de mère au foyer qui a fait grandir ses quatre enfants à la sueur de son front, dans la dignité et la stricte morale reconnue aux Kabyles.

Son nom : Chabha qui veut dire Belle en parlé local, qualificatif qui lui convenait si fort. Elle faisait partie des gens qui pleurent et qui rient en silence. Aujourd'hui, je retrouve ce trait de caractère dans ma personnalité.

J'avais 6 ans et mon frère aîné 9 ans lorsque mon père décéda. Il comptait parmi les 19 autres martyrs du village. Une stèle commémorative est érigée à leur mémoire à l'entrée de Taddert. Elle le fut à l'initiative des jeunes du comité de village, soucieux de l'histoire et de la mémoire.

Ni pauvres ni riches mais des humains

Il y avait un certain nivellement social, les familles aisées se comptaient sur les doigts d'une main. Pour aller à l'école, le mieux nanti avait une paire de bottes en hiver pour affronter la neige, haute d'un mètre en moyenne.

Je me souviens qu'il fallait attendre que les adultes et les aînés passent les premiers pour ouvrir le chemin aux écoliers que nous étions.

L'école mixte Larrich située au bas du village, au bout d'une descente vertigineuse, a produit de belles têtes pensantes dont certains sont devenus cadres de l'Algérie indépendante.

Des amis d'enfance, je garde intact le souvenir de Ramdane Nali, Chebli, devenu brillant cadre bancaire, avec qui j'ai passé toute ma scolarité jusqu'à la dernière année du lycée. Sa mère et la mienne étaient de grandes copines, que la mort a, hélas, séparées, parties vers l'au-delà presque l'une derrière l'autre !

A Taddert, on mène sa barque comme on peut !

Au village qui m'a vu grandir, la vie était rythmée par chaque saison avec des loisirs correspondant à chacune d'elles.

La vie en groupe permettait que chacun puisse apporter un petit quelque chose en termes de distraction et de savoir.

L'hiver, nous faisions, en petits groupes d'amis, la chasse aux étourneaux, vu les dégâts qu'ils portaient aux olives, une des ressources agricoles importantes pour les ménages. Pour ce faire, on confectionnait des pièges à glu.

L'été, le village revêtait ses habits estivaux pour accueillir ses émigrés. Le village comptait dans les années 1980 plus de 150 émigrés dont certains étaient partis à l'orée de l'indépendance du pays, voire d'autres bien avant.

Des sorties de plages en bus dans la Kabylie maritime, notamment à Tigzirt-sur-mer et Azzefoun, anciennement port Guédon, pour une ou deux semaines, étaient également organisées par des bénévoles, dans une ambiance chaleureuse.

Je rends un hommage à Messaoud Ouamar Safar, initiateur de ces loisirs qui profitèrent à tous.

Durant ces excursions, nous jeunes, aidions à porter les bagages des personnes âgées dans un esprit d'entraide et de solidarité. Nous le faisions chaque fois qu'il était nécessaire.

Ce fut aussi l'époque où la balle ronde gagnait tous les esprits. Je faisais partie, pendant longtemps, de l'équipe du village qui eut à disputer, une ou deux fois, la finale des tournois de football inter-villages. Cette passion m'a poursuivi jusqu'à l'Université pendant quatre ans.

Le reste de l'été, je le passais le plus souvent en colonies de vacances comme moniteur au Centre international de la coquette ville romaine Tigzirt-sur-mer et à Boumerdes, Rocher Noir autrefois.

Les tournois inter-villages : le ballon pour apaiser la dureté des instants

Nous n'étions pas des grands sportifs mais nous aimions jouer au ballon rond en caoutchouc, car le cuir n'était pas à la portée de notre bourse. On cotisait pour en avoir un.

Nous le gardions à tour de rôle. Nous étions une équipe de passionnés du Foot dans le village. Nos entraînements se déroulaient sur un semblant de rond-point donnant sur le village d'en bas, Taddert-Bouada.

Il nous arrivait souvent d'interrompre nos dribles pour laisser passer les véhicules, habitués, par ailleurs, à ces désagréments.

Nous avions cette chance d'être en haut ! ce stade de fortune s'appelait le Moulin « Thisirth », nom emprunté au vieux Moulin qui se trouvait jadis dans ce lieu-dit.

Nous faisions de belles parties entre amis de la même génération. Elles allaient jusqu'à la tombée de la nuit en été.

Aujourd'hui, je revois les silhouettes et les visages pétillants de santé de Mouloud Zouak, Ahcène Yataghène, Hamid Chebli (une pensée pour lui), Brahim Kolli, Hocine Zouak, Bélaïd Allache, Achour Limani et Moumouh Yataghène.

Tous étaient heureux de se retrouver ensemble, de partager ces beaux moments de jeunesse où tout le monde était logé à la même enseigne.

Nous partions et revenions de l'école ensemble, les petits nous suivaient derrière, nous avions juste le temps de déposer nos cartables et nous voilà à notre stade !

Passe, passe...le ballon !

Nous représentions les « couleurs » de Taddert qui, un jour, a eu la générosité de nous doter de belles tenues de sport, pour le traditionnel tournoi inter-villages. Une vingtaine de clubs y prenait part.

Il avait lieu au stade municipal de Fort-National, qui porte le glorieux nom du chahid Yataghène Belkacem (surnommé le redoutable physicien), où l'équipe locale « ESNI », Etoile sportive de Larbaa-Nath-Irathen, a connu sa gloire dans les années 75.

De mémoire, nous avons été éliminés à la première rencontre - n'est pas footballeur qui veut - face aux équipes de Taguemount-Bouada et de Taourirt Amokrane, le plus grand village de Kabylie (15000 habitants), rodées pour ce type de rencontres sportives.

Mais l'essentiel n'était pas seulement dans la victoire, mais surtout dans l'ambiance et la fierté de représenter notre village.

Pour stimuler les joueurs, il nous arrivait aussi d'organiser des matchs, avec mise en jeu de petites bouteilles de limonade « Orangina », une prestigieuse boisson. Et là, ça ne rigolait pas !

Plus loin, alors que nous avancions vers nos divers horizons, le Comité du village a eu l'ingénieuse idée de nous construire un modeste « stade » de fortune, réalisé grâce au volontariat, à quelques mètres de la plus vieille fontaine Tala Boumdun. Ainsi coulait la fontaine au pied d'un stade…

La relève d'aujourd'hui

La Télé au village et les fans de la radio kabyle

La télévision n'a conquis les foyers d'Oufélliens qu'à partir des années 1975. Mais n'était pas prétendant qui veut. Au village, seuls deux foyers en disposaient. Nous arrivions à suivre les rencontres nationales de football auprès de ces derniers, à tour de rôle, grâce à leur gentillesse et leur générosité.

Sinon, pour le reste de l'année, nous étions les fervents de la radio Chaine deux (Kabyle), qui m'a fait découvrir le célèbre chanteur Lounis Aït-Menguellet. Il a bercé notre jeunesse. C'est à travers l'émission hebdomadaire « Les chanteurs de demain » que nous l'écoutions assidûment en « bande de copains ».

A la recherche des œufs mais pas ceux de Pâques !

Au village, la tradition veut que chaque nouvelle naissance d'un garçon, donne lieu à une cérémonie de distribution d'œufs aux enfants, à l'occasion de la fête de l'Achoura.

Des semaines durant, nous faisions dans nos têtes la liste des maisons à parcourir pour recueillir ces œufs dans des paniers en osier. La règle était de distribuer un œuf par enfant. Certains d'entre nous se déguisaient pour se faire servir deux fois en trompant la vigilance des mères de familles qui se chargeaient de remettre ces œufs.

Nous sollicitions ces œufs avec cette tendre expression « Tamlalt Iwumghar » (L'œuf pour l'aîné) -allusion faite au nouveau-né- en termes de souhait d'une longue vie.

Ce jour-là, partout dans les foyers, la cuisine fut aux grandes omelettes pour marquer l'événement. Cette fête était l'occasion pour les jeunes, au cours de galas populaires au village d'en bas, Taddert-Bouada, de « dénicher » l'âme sœur dans l'optique de mariage.

Le sacrifice rituel des bœufs (Timchret) et la viande pour tous

Le rituel de Timchret reste un des souvenirs qui a marqué mon enfance. En plus de la joie que cette tradition procure à tous, il y avait aussi ce geste fort de permettre à tous les habitants de manger de la viande, une denrée qui n'était pas donnée à toutes les bourses. De plus, la symbolique du partage et de la solidarité est vivement réaffirmée.

Cette fête est organisée une fois tous les deux ans. La superstition veut que cela permette aussi de « repousser le mauvais sort ». Les bêtes sont acquises sur les fonds propres du village et grâce à une contribution forfaitaire des habitants en plus des apports des bienfaiteurs. Le sacrifice se déroule au lieu-dit Tala Boumdun.

C'est une vraie boucherie à ciel ouvert où les plus expérimentés s'occupaient de la coupe des quartiers de viande et les autres de sa répartition selon la composition des foyers. Une véritable arithmétique ! La viande est étalée sur un lit de fougères cueillies dans les parages.

Les bêtes sont choisies par des connaisseurs, et acheminées, deux jours avant au village, par des bénévoles. La liesse des Grands jours était au rendez-vous. Cette occasion permettait également de réunir toute la communauté villageoise y compris ceux habitants à l'extérieur. Beignets, café et gâteaux sont servis à satiété dans une ambiance conviviale.

Le jeu de la première figue...

Le calendrier berbère (agraire) est précis. Dès que les figues fraiches commencent à mûrir, les chaleurs suffocantes tendent à chuter. Trouver la première figue mûre, la primeur, dans les champs du village, relève de l'exploit.

On s'employait donc à chercher ce fruit convoité, pendant des semaines. Le premier à mettre la main dessus, donnait l'alerte à tous. C'est ainsi que la saison des figues était annoncée.

Dès lors, le village se transformait en véritable chantier à ciel ouvert. Sur la place centrale, des ateliers de fabrication de claies, destinées au séchage d'une partie de la production, s'activaient, en prévision de l'hiver.

Un jeu appelé « Thavousbat » pouvait alors commencer. Il consiste en une grosse feuille verte de figuier, trouée au milieu, que les joueurs tentent de lancer sur un « mât », bâton flanqué au sol à un mètre environ du joueur. Le but est d'y encastrer la feuille pour gagner une figue.

Dure était l'épreuve tant elle demandait de la dextérité. On passait des heures dans ce jeu passionnant et nourrissant en plus.

Pour rendre plus délicieuse la dégustation de ces figues, on y ajoutait une mixture de pois chiches grillés.

Les figues ont fort bon goût mais si on vous surprend en train d'en cueillir une sur le figuier du voisin, à la prochaine Assemblée du village, vous paierez une amande fixée d'avance dans le code d'honneur.

J'accompagnais ma mère à la poste...

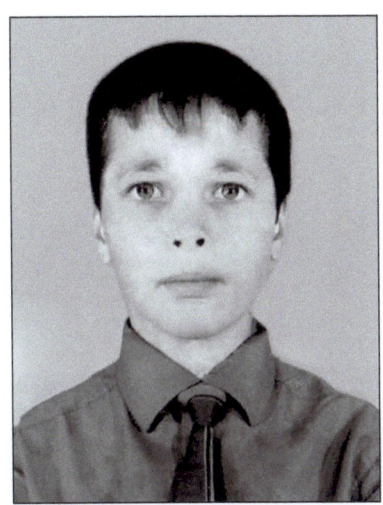

Tout adolescent, j'accompagnais ma mère tous les trois mois à la poste de Fort-National, pour percevoir sa piètre pension de veuve de martyr. C'était le grand bonheur dans la tête d'un enfant de mon âge.

Salah, portrait d'école, 13 ans

Un des fils de ma tante aînée, postier de métier, Da Ramdane Allache, « Abustawi » pour les intimes, se chargeait, sur procuration de ma mère, de retirer sa pension, afin de lui éviter les files d'attente à la Poste. Il était d'une probité morale et d'une droiture exception-nelles.

Puis, c'était, pour nous, une occasion de passer saluer sa famille, plus particulièrement ma tante paternelle, l'inoubliable Na Ourdia, épouse Allache Mokrane. La famille logeait dans un appartement de l'unique rési-dence HLM de cette ville garnison.

Fort-National était une ville napoléonienne structurée en trois rues : la rue d'en haut et celle d'en bas et une avenue centrale. Les femmes avaient pour habitude - coutumes obligent - d'emprunter celle d'en bas.

L'armée Française a mis 30 ans pour la conquérir, en 1857, c'est dire la résistance farouche qui avait été op-posée par les Montagnards à l'occupant.

Nous y étions souvent accueillis dans la plus grande hospitalité et invités à déjeuner. Toute la famille voue à ma mère un grand respect et réciproquement. Na Our-dia fut pour nous une deuxième mère.

Nous étions toujours rassurés par sa sagesse et sa ten-dresse quand nous lui rendions visite. " *A ceux qui vous feraient du mal répondez par le bien"* ne cessait-elle de nous conseiller.

À la perception de sa pension, ma mère, qui veillait au grain, commençait par honorer ses « dettes » auprès d'un commerçant où elle avait pour habitude de s'approvisionner.

Rares étaient les commerçants qui acceptaient de faire crédit et d'être réglés aux termes de telles échéances, mais j'ai compris que c'était une question de confiance. Ma mère gérait le reste de cette somme avec une extrême rigueur.

Dans la sphère des sœurs de mon père, il y a le souvenir furtif de Nana Yamina qui habitait à Taguemount-Oufella, à 2 kilomètres de mon village. C'est simple, quand je jouais au football dans un stade situé à 200 mètres à vol d'oiseau de chez elle, elle me reconnaissait et veillait sur moi à distance.

Ma tante Smina, mariée dans un village situé à une quinzaine de kilomètres de chez nous, a également marqué notre enfance. Nous traversions à pied l'oued de Tamda, quand il était à sec, pour la rejoindre au village Imzizou, commune de Fréha.

Avec mes frères, nous passions notre temps à y ramasser des œufs de poule, à tirer de l'eau du puits et à déguster de beaux légumes frais produits dans leur ferme.

Nous revenions toujours avec des provisions de légumes secs et quelques victuailles. Ma mère racontait que mon père s'était réfugié plusieurs jours chez cette tante alors qu'il était recherché par les soldats Français.

Le cauchemar de l'attaque du poste militaire de Taddert

Dans la nuit du 18 au 19 janvier 1961, le poste avancé a été pris d'assaut par les moudjahidines (combattants), avec la complicité du capitaine Taoues et de sa sœur Ghénima. Ils parvinrent à en éliminer toute la garde.

Elles furent de celles qui ont offert « *leurs yeux pour que d'autres voient et vivent la liberté* », dixit le chanteur et poète Lounis Aït-Menguellet.

Le lendemain, racontait ma mère, les habitants, pour fuir les représailles appréhendées de l'armée française, prirent le chemin de l'exode : chacun allait dans le village voisin où il comptait sur des amis ou de la famille pour être accueilli. J'avais tout juste 6 ans.

Dans cette fuite pédestre couvrant des kilomètres à travers champs et ravins, ma mère prit ma sœur sur son dos, et nous, les trois frères, répartis sur d'autres amies. Notre destination ne fut autre que le village El-Hemmam où nous comptions une tante (sœur de ma mère).

Une fois arrivés à destination, ma mère s'était rendu compte que je manquais à l'appel. Avec moi blotti sur son dos, la cousine (de santé mentale fragile) s'était arrêtée net devant un obstacle l'empêchant de traverser le précipice.

Et je dormais sur son dos ! Ce fut alors l'alerte générale ; ma mère, affolée, remonta tout l'itinéraire pour enfin nous tirer de cette peur bleue, presqu'à la tombée de la nuit.

Ressenti d'un enfant...

Le jour de l'enterrement de mon père, ma mère nous fit croire qu'un jour il allait revenir, une manière pour elle d'atténuer notre souffrance.

Ce qui aujourd'hui me rappelle la pièce de théâtre " *Les martyrs reviendront cette semaine*" écrite, dans un autre contexte, par l'écrivain algérien Tahar Ouettar.

Mais, dans un village, les morts qui se succédaient faisaient oublier la douleur des uns et ouvraient de nouvelles déchirures pour les autres. Comme disait Victor Hugo : " *Le monde est une fête où le meurtre fourmille et la création se dévore en famille*".

AU HASARD D'UN REPORTAGE, UNE PHOTO DE MON PÈRE

J'ai pu connaître le visage de mon père grâce à une photo que je me suis procurée, auprès de l'un de ses compagnons d'armes, en 1995, lors d'un anniversaire de la guerre d'indépendance au village Tachivount, commune de Fréha (région d'Azazga en Kabylie).

C'était au cours d'un reportage d'inauguration d'une stèle commémorative érigée en hommage aux martyrs de la région. J'étais alors journaliste à l'agence Algérie Presse service (APS), carrière que j'ai débutée, depuis janvier 1983, à la rédaction régionale de Tizi-Ouzou, une année après la fin de mes études universitaires.

LA FONTAINE GÉNÉREUSE, RAJEU-
NIE EST TOUJOURS LÀ

C'est dans la dureté de la vie que grandissent les Femmes et les Hommes, dit-on chez nous. Et ma mère l'a tout de suite compris, comme toutes les veuves dans sa situation, auxquelles je rends ici un vibrant hommage !

Ce fût l'époque où les veuves de Chahid (martyrs) percevaient l'équivalent d'un dinar par jour et par personne, soit de quoi s'acheter deux pains et deux sachets de lait. C'était durant les quatre premières années de l'Algérie post-indépendance.

Ma mère, qui fut d'un courage exemplaire, à l'image de ses pairs, s'est vue devant cette situation difficile, dans la nécessité de "compléter" cette petite pension de misère, en cherchant de l'eau pour quelques familles aisées du village, à la fontaine, distante environ d'un kilomètre et située en contre-bas du village.

Mais la fontaine en Kabylie n'est pas seulement ce lieu où l'on puise de l'eau et lave son linge ; c'est surtout cet espace public où s'exercent la démocratie et la solidarité féminine. En effet, si les hommes ont la Djemaa et les Assemblées de village, les femmes ont la fontaine.

Lieu d'échange par excellence, cette dernière, que les femmes fréquentent dès leur plus jeune âge, a survécu à tous les temps. Les intempéries de 1974 allaient mettre fin à ses jours si ce n'était pas la détermination des villageois de lui donner la chance de prolonger son « pronostic vital ». Tout récemment, elle a fait, en plus, l'objet de travaux de réhabilitation au bonheur de tous.

Tala Boumdun ou la fontaine au bassin

Aujourd'hui, avec le recul, chercher de l'eau à cette fontaine, l'hiver avec ses neiges, relève d'un défi à sa vie.

Des devoirs d'école à la lumière de la bougie

Nous habitions, à cinq, une modeste mezzanine, sous une toiture clairsemée de trous que transperçaient « les étoiles » les jours de pleine lune.

L'hiver, notre lit collectif était entouré de bidons et de casseroles pour recueillir les ruissellements d'une eau rouge ocre qui parvenait de ces tuiles kabyles cassées que nous ne pouvions pas réparer vu nos faibles ressources.

Nous faisions nos devoirs d'école, comme tant d'autres enfants de notre condition, à la lumière de la bougie et des flammes ; car la lampe à pétrole fut un luxe dans les années 1967.

Un Imam hors pair ...

A Taddert, existe, à l'instar des 1200 villages de la Kabylie, une ancienne mosquée où les Ouférliens fidèles viennent pratiquer leur culte dans un islam de paix et de tolérance.

La paie de l'Imam était assurée dans la solidarité par les habitants. Cheikh Meziane, un Ouférlien d'adoption a prêché la bonne parole pendant 40 ans.

A l'âge de la retraite, il a rejoint son village natal à Lazib (Nacéria), avec le sentiment du devoir accompli. Les Ouférliens gardent de lui une bonne image.

Le Village a eu du mal à trouver un autre imam de cette compétence et probité. Ce fut un grand érudit de l'islam, le vrai, pas celui des fanatiques et extrémistes qui ont vidé le pays de ses élites en tentant d'imposer un projet rétrograde.

Taddert-Oufella - Crédit Mokrane Allache

Taddert, un village carte postale !

Taddert fait face au mont Aboudid, côté Sud-Est. Bien avant les coups de « rasoir » opérés dans la colline, au gré du béton, à l'époque, existait une modeste « guérite » érigée en guise de « mausolée » pour la vénération des « quarante Saints » (croyances obligent).

Là, les villageois venaient allumer une bougie, déposer un morceau de galette dure et quelques figues sèches en s'assurant la bénédiction des lieux.

Ce site est également connu pour ses champs de verveine « sauvage », réputée pour son parfum, que des processions d'hommes et de femmes, sacs et bêches à la main, venaient cueillir tout au début de chaque été dans une ambiance bon enfant. Pendant les longues et froides nuits de l'hiver, on y buvait à satiété, réunis autour du feu (El kanoun).

Depuis ce mont, Taddert apparaissait comme un joyau de la couronne entouré de verdure de toute part. La vue enchantée était guidée jusqu'à l'entrée du village, sans le moindre obstacle, par un chemin piétonnier (la Route d'en haut) que les âmes se refusent d'oublier (dixit le poète Lounis Aï-Menguellet).

Il fut foulé par les pas de nombreuses générations, dont notamment les aînés, qui ont eu l'ingénieuse idée d'ériger Taddert sur un piton.

Le printemps, au village, nous offre ce déploiement intense de la nature prenant l'allure d'une belle fresque qui plait au regard. Sous d'autres cieux, elle aurait inspiré des talents artistiques tant et si bien, qu'aux massifs de fleurs sauvages, se greffent des coquelicots comme pour nous rappeler l'esprit révolutionnaire et résistant des Oufélliens.

Dans ce décor sublime, les ruines de maisons anciennes ou abandonnées mais aux âmes encore vivaces, contrastent avec la végétation dense et par endroits avec des petits arbustes, expression libre des lieux qui refusent d'abdiquer devant la rigueur du climat et la menace pesante de l'exode rural.

Le village répand ses parfums mêlés aux odeurs de plats d'une cuisine modeste du terroir mais pétrie dans l'âme collective, celle de ces femmes vaillantes, gardiennes inconditionnelles de tout ce qui fait la beauté et la richesse d'une culture et la singularité d'un peuple...debout.

L'école du village a formé de brillants cadres

Le village c'est aussi son école mixte emblématique. J'étais scolarisé, comme tous les enfants de ma génération, avec deux ans de retard - les conséquences de la guerre obligent – à l'école du village léguée par la France.

Cet établissement ouvrait également ses portes à trois villages limitrophes. L'encadrement pédagogique était assuré dans les années 1970 par les prestigieux instituteurs Da Salah Mostéfaoui et Amar (père et fils).

Qui dit école dit aussi cantine. C'était le temps de la cantine pour tous. La pause déjeuner fut un des moments inoubliables : c'était à la fois un atout nutritionnel important pour se restaurer de façon équilibrée et un temps de rencontre convivial de la communauté éducative.

Cela a permis également d'éviter aux élèves des localités éloignées de l'école, de faire le va et vient et d'économiser leurs efforts.

Après l'école, comme goûter, nous avions droit à un ou deux bols de lait chaud, soit de quoi affronter la pénible montée qui nous conduisait au village.

Quand la solidarité villageoise transcende les frontières

Taddert, ce sont aussi ses élans de solidarité qui transcendent les frontières nationales. La première génération d'émigrés en France a eu cette ingénieuse idée de mettre en place un cadre de retrouvailles convivial et d'entraide pour pérenniser les ressorts du sentiment d'appartenance à la même communauté villageoise.

Grâce à de petites cotisations entre les membres, ils arrivèrent à venir au secours de ceux qui parmi eux se sentaient dans la nécessité, en plus de s'occuper du rapatriement du corps de tout compatriote qui venait à décéder.

Cette organisation, a, ces dernières années, prit l'allure d'une véritable association loi 1901 du Village Taddert-Oufella à Paris, dont le flambeau a été repris par de jeunes arrivants, animés par les valeurs des aînés et motivés pour élargir les activités. Des initiatives louables et un investissement historique des aînés à saluer vivement.

Il s'agit entre autres, de Yemmi Idir, Bélaïdi Mohand-Ouali, Ficel Mohand, Yemmi Mohand Ouali et de la relève qui s'est faite depuis quelques années autour de Yataghène Youcef et Samir Lokmane.

Le départ des Sœurs Blanches et des Pères Blancs

Après l'obtention du certificat d'études primaires, ce fut l'étape du collège et du lycée à Larbaa-Nath-Irathen, où quelques coopérants français assuraient encore des cours dans diverses disciplines.

Je retiendrais les noms de M. et Mme Joubert, MM. Leroux et Jean-Pierre Chateaudon. Ce dernier, qui fut pionnier du ciné-club au collège, nous apprit à aimer le cinéma, en faisant sienne la devise de Max Linder « *Connaissez le cinéma vous l'aimerez* ».

Ma sœur, n'ayant pas eu la chance de pouvoir poursuivre ses études au Lycée, elle a brigué une formation en couture-broderie berbère chez les Sœurs Blanches, à Fort-National.

Quand le Djurdjura envoie ses flocons sur LNI – photo M.All.

Dans ces années-là, il n'était pas évident pour une fille d'aller jusqu'au bout de ses ambitions. *« J'aurais bien aimé devenir professeur d'anglais »* se rappelle maintenant Fazia.

Ces Missionnaires de l'Afrique avaient rendu de précieux services à la population dans divers domaines, indépendamment de l'image « évangéliste » que certains leur collait sur le dos.

Leur départ de la kabylie a été provoqué par la « décennie noire » qui endeuillât l'Algérie avec notamment l'assassinat, par un commando islamiste, de quatre d'entre eux à Tizi-Ouzou, le 27 décembre 1994. Il s'agit

de Jean Chevillard, Charles Deckers, Alain Dieu-
langard et Christian Chessel. Je prenais part, comme
tous mes concitoyens, à l'enterrement de ces derniers,
au cimetière chrétien de Tizi-Ouzou.

*Premier plan : village Taddert 900 m d'altitude et à l'arrière-
plan, la ville de Larbaa-Nath-Irathen – crédit K.Yataghène*

Au fil des jours…

Autre souvenir, non des moindres : lors d'un événement heureux au village - mariage, circoncision, naissance, etc. - seuls les pères ou les mères de familles
étaient invités pour partager le repas de circonstance.

Les mères, généreuses qu'elles étaient, revenaient souvent avec leur part de viande, pour la partager avec
leurs enfants. On ne mangeait pas de la viande tous les
jours !

Mères au foyer, pour la plupart, elles ont toujours consacré leur temps, outre aux tâches domestiques et travaux des champs, à confectionner bonnets, gants, chaussettes et burnous (capes) pour affronter l'hiver.

Un jour, à l'aube, ma mère est partie ramasser des châtaignes dans notre champ, profitant d'une nuit venteuse la veille. Elle fut heurtée, heureusement sans gravité, par un sanglier qui « la concurrençait ». Les châtaignes, tout comme les cerises, nous permettaient un complément de revenu.

Quand la fable du laboureur et ses enfants refait surface...

Quarante ans plus tard, le champ Tahrikt renaît de ses cendres. Qui l'aurait cru ? Le confinement, pour cause de la Covid 19, aura été pour quelque chose.

Voici une année, mon neveu Mokrane et mon frère Hamid sous les conseils de mon frère aîné, Belkacem, ont opéré un véritable retour aux sources en procédant au défrichement et à une mise en valeur de la parcelle où ma défunte mère avait laissé ses « griffes ». Un travail qui commence à donner ses fruits : fèves, petit-pois, pommes de terre et autres légumineuses font le bonheur de la famille. Ce champ retrouve sa gloire d'antan avec la replantation de cerisiers, châtaigniers et

Mes deux frères et mon neveu Mokrane, à pied d'œuvre

figuiers. La fable du laboureur et ses enfants semble refaire surface et convaincre les plus incrédules…

Une mère Courage !

Dès notre jeune âge, ma mère nous a imprégnés des valeurs du partage, de la solidarité, du respect d'autrui et des vertus du travail.

De cette éducation, nous avons gardé un héritage et des repères inestimables qui ont permis à chacun de nous de remonter la pente malgré les difficultés. Nous étions convaincus que seuls l'honnêteté et le courage paient.

Mais les besoins de la famille devenaient tellement croissants que mon frère aîné Belkacem fut contraint de quitter son école (alors qu'il était doué pour les études), pour travailler à l'âge de 16 ans dans une usine de confection à Fort-National, afin d'aider ma mère.

Un métier qu'il assuma jusqu'à son départ à la retraite. Cela nous a permis à quatre, dont une sœur, de poursuivre nos études.

Le sacrifice du grand frère nous a effectivement encouragés à atteindre des objectifs de scolarité selon l'ambition de chacun de nous. En fait, petit à petit, il comblait le vide laissé par mon père.

Mais il est des moments de la vie où le combat inlassable se trouve contrarié par des obstacles insurmontables ou par le mauvais sort qui s'acharnait sur ma mère, au moment même où nous commencions tous ensemble à voir le bout du tunnel.

Le destin cruel d'une veuve

En 1987, je me trouvais en formation en RDA (ex-Allemagne de l'Est) dans le cadre d'une coopération en journalisme économique.

Deux années plus tard, nous avons emménagé, avec mes frères, au village, dans une nouvelle maison édifiée à la sueur de notre labeur, pour rompre avec la précarité de l'habitat qui nous a accablés durant toute notre adolescence.

Quelques mois après, ma mère tombait malade d'un cancer du sein à l'âge de 53 ans, transformant ainsi cette lueur d'espoir en ténèbres.

Famille de ma sœur : Hocine, Fazia, Mohand Oubelkacem son mari, Youssef et Lynda, à Alger

Après une opération, des soins l'obligèrent, tous les 21 jours, à se rendre à l'hôpital Mustapha d'Alger, au Centre Pierre et Marie Curie, pour une cure de chimiothérapie.

Ces déplacements ont été possibles grâce à l'aide précieuse de mon beau-frère Boudiaf Mohammed Oubelkacem et de ma sœur Fazia qui habitaient non loin de cet établissement hospitalier. Ils la prenaient en charge à chaque cure.

Cette terrible maladie a fini par l'emporter un certain 5 novembre 1990 à l'hôpital de Tizi-Ouzou, sans même

Enfants de mon frère aîné, Nassima, Lydia et Mokrane

Chachah entourant sa sœur Mélissa - Enfants de mon frère cadet

lui laisser le temps de savourer ne serait-ce qu'une nuit tranquille dans cette nouvelle maison qu'elle avait tant espérée.

Cette maison, nous l'avions construite sur un terrain commun à toute la famille Yataghène qui nous l'a cédé d'un commun accord, par estime et respect envers ma mère. Son rêve était aussi de prendre mon futur enfant dans ses bras. Malheureusement, il a été inassouvi. Le lien affectif qu'elle me portait était quelque peu différent de celui qu'elle avait pour mes frères, même si elle disait souvent : « *je ne peux pas choisir entre les doigts d'une seule main* ». Mais j'avais tout compris.

LES PREMIERS PAS DANS LE COMBAT DÉMOCRATIQUE

Les cerises « révolutionnaires » de Larbaa-Nath-Irathen

La cueillette des cerises, dans ces champs escarpés, se faisait le plus souvent au péril de la vie des récoltants et frisait dans certains cas l'aventure. Mais à Fort-National, qui dit cerises dit fête.

Les Montagnards les acheminaient à la ville, à dos d'âne pour les plus nantis, et à « dos d'humains » pour les démunis, pour ensuite les vendre à l'Office National des fruits et légumes d'Algérie (OFLA) qui en avait le monopole de la commercialisation.

Sur le chemin de Taddert à Fort-National, femmes et hommes se suivaient en procession, les paniers remplis de ce fruit rouge de différentes variétés, pour rallier les lieux d'écoulement. Ce fut alors le Temps des cerises !

Il y a 47 ans, (en juin 1974), cette fête traditionnelle des cerises, notoirement connue dans la région de Kabylie, voire au-delà, avait fait parler d'elle à qui voulait l'entendre.

Elle allait tourner au vinaigre car émaillée d'affrontements entre les forces de l'ordre et les civils à l'occasion du gala nocturne de clôture au stade municipal « Chahid Yataghène Belkacem ».

Pour cause « apparente » : les vedettes de la chanson Kabyle, à l'image de Taleb Rabah, Nouara, Lounis Aït-Menguellet, Nora, ont été reléguées au dernier plan sur le programme, en mettant au-devant de la scène, le chanteur arabophone Rabah Dariassa, connu pour être « l'étendard du pouvoir ».

Ce qui évidemment était perçu par les spectateurs N'Ath-Irathen comme une provocation humiliante à la culture de la reine Berbère Kahina. Ce soir-là, elle avait réuni ses enfants pour une réponse appropriée aux négateurs de son identité.

Beaucoup d'arrestations et d'inculpations dans les rangs des Berbéristes, accusés d'être « des valets de l'Académie Berbère » basée à Paris. L'éternel syndrome de la « « main étrangère ».

À Taddert, deux personnes ont été interpelées à cette occasion car suspectées de liens avec ladite Académie.

Depuis, les cerises de Fort-National ont cessé d'être révolutionnaires en laissant place à d'autres luttes qui ne sont pas des moindres, à l'exemple du Printemps Berbère d'avril 1980.

Six ans plus tard, le printemps Berbère

J'étais encore étudiant à l'université Mouloud Mammeri de Tizi-Ouzou quand le Printemps Berbère d'avril 1980 éclata. Cette révolte a été déclenchée à la suite de l'annulation par les pouvoirs publics, de la conférence que devait donner sur « Les langues maternelles anciennes », le célèbre écrivain et homme de lettres Mouloud Mammeri.

Il s'agissait d'un mouvement citoyen de revendication des libertés démocratiques, sur fond de reconnaissance de la langue, de l'identité et de la culture amazighs face au système de parti unique, Front de Libération Nationale, qui a régné sans partage sur l'Algérie pendant 20 ans.

Ce fut une des premières secousses populaires qui allait ébranler le pouvoir ; il répondit par une répression aveugle pour tenter, en vain, d'écraser l'oiseau dans l'œuf.

J'ai vécu ces événements douloureux parmi le millier d'étudiants que comptait l'université à cette époque. Ils sont aujourd'hui plus de 50 000.

Je me contenterais tout simplement de donner quelques repères et de souligner certaines vérités de ce premier mouvement d'opposition aux autorités depuis l'indépendance du pays en 1962. Ce furent mes premiers pas dans le combat démocratique.

Chronologie des évènements

10 mars 1980 : les responsables de la Wilaya (Préfecture) annulent une conférence de l'écrivain Mouloud Mammeri sur la poésie kabyle ancienne. Ils refusent de s'expliquer, s'agissant d'un ordre émanant de l'État. Cette réponse a suscité l'ire des étudiants.

11 mars : manifestations à Tizi-Ouzou, grèves en Kabylie et à Alger.

7 avril : imposante manifestation à Alger. La répression fut forte et la journée s'est soldée par une centaine d'arrestations et de nombreux blessés. Début de la grève à l'université de Tizi-Ouzou.

8 avril : une autre manifestation converge vers Alger, mais sans réaction violente des forces de l'ordre.

10 avril : grève générale en Kabylie. Le syndicat étudiant (UNJA) proche du gouvernement, dénonce des manifestations « téléguidées » de l'extérieur. El Moudjahid, le quotidien gouvernemental titrait dans un de ses articles : « *Les masques tombent à Tizi* » pour asseoir cette thèse.

Je me souviens d'un graffiti écrit en noir sur un mur de la cité « Les Genêts » de la ville de Tizi-Ouzou, jouxtant la rue menant à l'Université, où on pouvait lire « *Une manipulation qui ne dit pas son nom…* ».

17 avril : dans un discours, le président Chadli Bendjedid déclare que « *l'Algérie est un pays arabe, musulman, algérien* » et que « *la démocratie ne signifie pas l'anarchie* ». Nous étions des centaines à suivre ce discours sur un écran de télévision placé au restaurant universitaire de Hasnaoua.

Ce discours jeta de l'huile sur le feu et le mouvement s'est alors radicalisé tout en demeurant pacifique. Le même jour, les grévistes sont expulsés de l'hôpital de Tizi-Ouzou et de l'usine de produits électroménagers Sonelec d'Oued-Aïssi.

20 avril : l'université est prise d'assaut par les forces de l'ordre, au cours d'une opération baptisée Mizrana, en surprenant les étudiants dans leur sommeil. Un collègue de ma classe en est traumatisé à vie.

Vingt-quatre meneurs du Mouvement ont été dès lors arrêtés. Il s'agit de Saïd Sadi, Saïd Khellil, Djamel Zenati, Salah Boukrif, Nacer Babouche, Arezki Abboute, Mouloud Lounaouci, Arezki Aït Larbi, Ali Chikh Ou-Rabah, Aziz Tari, Gérard Idriss Lamari, Idir Ahmed Zaid, Rachid Hallet, Mohand Stiet, Rachid Aït Ouakli,

Kamal Benanoune, Chemim Mokrane, Ahmed Aggoune, Salah Boukrif, Mâamar Berdous, Achour Belghezli, M'Hmed Rachedi, Mustapha Bacha et Mouloud Saadi.

A la faveur d'un mouvement de soutien, ils ont été libérés en juin. Ils doivent cette libération, en partie, à la Coordination des lycéens de Kabylie, la seule structure qui était restée active.

Dès lors, le Mouvement Culturel Berbère (MCB) tient des assises au mois d'août lors d'un séminaire à Yakouren et décide de capitaliser l'avancée de ses idées dans le corps social, en multipliant les activités de terrain par la voie pacifique.

Dans les coulisses : le poète Ben-Hanafi au cœur de la révolte

Durant toute la période d'occupation de l'université qui fut le bastion de la rébellion, le célèbre poète Mohamed Aït Tahar, dit Ben-Hanafi, est venu apporter son soutien au mouvement, en élisant domicile dans une chambre d'étudiant.

Ses prises de paroles en assemblées d'étudiants avaient donné du sens à cette révolte. Il confiait « *qu'à la chaîne 2 de la radio nationale, j'ai été, pendant toute ma carrière, victime de brimades du pouvoir, compte tenu de mon combat pour Tamazight* ».

Natif des Ouacifs (Tizi-Ouzou), il avait à son actif, plusieurs émissions à la radio chaîne 2, dont la plus célèbre « Les chanteurs de demain », d'où est issu le grand chanteur et poète Lounis Aït-Menguellet.

Ben Hanafi est également le fondateur de la célèbre chorale « Tulas N'Fadhma N'Soumeur » (les filles du lycée Fadhma N'Soumeur) créée à la fin des années 60, chorale de lycéennes de Tizi Ouzou. Il est décédé le 4 mars 2012 dans sa ville natale, à l'âge de 85 ans.

Mon initiation à l'écriture berbère « Tifinagh »

Je m'initiais pour la première fois à l'écriture Tifinagh (le Berbère), grâce aux cours que donnait gracieusement à l'Amphi C de Hasnaoua, le couple militant Malika et Idir Ahmed Zaid, en plein mouvement. Il y avait un engouement sans précédent.

Le 20 avril est célébré chaque année en milieu universitaire et est devenu une date symbole du combat démocratique et de la lutte antirépressive en Algérie.

Mais avec le multipartisme de 1989, le mouvement a été traversé par deux courants politiques bien ancrés en Kabylie et incarnés par le Rassemblement pour la Culture et la Démocratie (RCD), et le Front des Forces Socialistes (FFS), un des plus vieux partis d'opposition au pouvoir, depuis l'indépendance du pays.

Chaque partie réclamait « la paternité » du mouvement avec la création respective, de la Coordination nationale et des Commissions nationales du Mouvement Culturel Berbère. Ce qui d'évidence a fragilisé son unité.

Quelques précisions :

-Il n'a jamais été question de l'incendie de l'emblème national comme tenta de le faire croire le pouvoir en place.

-C'est un mouvement d'essence citoyenne

-Il n'a jamais été question d'un mouvement autonomiste ou séparatiste

-C'est un mouvement spontané

-Sur le plan social, le mouvement traduit l'émergence d'une génération d'intellectuels engagés dans le combat démocratique, à l'exemple de Tahar Djaout ou de Ferhat Mehenni. Il a permis également de briser un tabou linguistique et culturel

Anecdote de l'alcool interdit : l'année où les Kabyles ont le plus bu

En 1982, soit deux ans après le Printemps berbère, un arrêté préfectoral interdisait la vente et la consommation d'alcool sur tout le territoire de Tizi-Ouzou.

Paradoxalement, c'est l'année où les Kabyles ont le plus bu, en bravant l'interdit. Anecdote : à Fort-National, le gérant d'un magasin de chaussures pour hommes s'est reconverti officieusement en vendeur de vin : il proposait des bouteilles d'alcool dans des boites de chaussures.

Subtilité : pour savoir quel vin vous désiriez (du rouge ou du rosé), il lui suffisait de vous demander « quelle pointure chaussez-vous ? ». Le « 41 » c'est du rouge et le « 42 » c'est du rosé. Un code savamment utilisé par la clientèle pour tromper la vigilance des contrôleurs de fraudes.

Des années plus tard, la courbe s'inversa : la Kabylie fut inondée de boissons alcoolisées, ce qui donna lieu à la floraison de bars, pendant qu'une grande pénurie sévissait dans d'autres villes d'Algérie.

Ce qui a fait dire aux humouristes locaux que la « *culture berbère est noyée dans un verre de bière* ». Plus tard, Matoub Lounès clamait dans une chanson populaire « *On entend dire que la bière se fait rare en Algérie, mais à Tizi, elle coule à flots car le Pouvoir nous aime…* ». Traduction littérale.

Deux ans après le décès de ma mère, ce fut le début de la « décennie noire » qu'allait connaître l'Algérie avec la montée fulgurante de l'intégrisme religieux qui arracha à l'Algérie ses meilleurs enfants, alors que les plaies de la guerre d'indépendance venaient à peine de se refermer.

Je trahirais ma conscience, si je ne rendais pas, ici, un grand hommage à la femme algérienne qui, durant ces années de tourmente, était à l'avant-garde du combat démocratique, en bravant la terreur intégriste, comme elle le fut durant la révolution du 1er novembre 1954.

Certes, ces femmes vaillantes ont payé un lourd tribut à leur combat mais leurs sacrifices n'étaient pas vains. Aux générations futures de le savoir et aux actuelles de le dire et de l'écrire, pour honorer leur mémoire.

Cette décennie noire s'est abattue sur un pays que la Plateforme de la Soummam de 1956 prédestinait à une République démocratique et sociale. Je l'ai vécue de bout en bout, comme tant d'autres confrères, dans une rédaction régionale à Tizi-Ouzou d'où relevait sept départements du Centre-est du Pays (Bouira, Boumerdès, Ain-Defla, Béjaïa, Chlef, Tipaza et Tizi-Ouzou).

Nous étions, nous journalistes, la cible privilégiée des groupes islamistes armés, en l'occurrence le GIA. Une centaine de confrères de divers médias publics et privés, ont été exécutés dans des conditions atroces, parce qu'ils ont osé faire la leur, la célèbre expression de l'écrivain-journaliste Tahar Djaout : « *Tu parles, tu meurs, tu te tais, tu meurs, alors parle et meurs* ».

Liste non exhaustive des journalistes assassinés en Algérie

La famille de la presse nationale a perdu plusieurs de ses membres, assassinés dans des attentats terroristes, à partir de mai 1993.

-Tahar Djaout, journaliste écrivain, directeur de l'hebdomadaire "Ruptures", victime d'un attentat le 26 mai 1993. Il succomba le 02 juin.

-Rabah Zenati, journaliste à l'ENTV (Télévision nationale) le 03 août 1993

-Abderahmane Benani, Chef de projet à « Algérie actualités", le 09 août 1993

-Saad Bakhtaoui, journaliste au bi mensuel " EL-Manchar", le 11 août 1993

-Djamal Bounidel, photographe au " Nouveau Tell", le 15 septembre 1993

-Chergou Abderahmane, journaliste et collaborateur à " Alger Républicain" et " Hebdo libéré", le 28 septembre 1993

-Mustapha Abada, directeur général de l'ENTV, le 14 octobre 1993

-Ismail Yefsah, journaliste à l'ENTV, le 18 octobre 1993.

-Youcef Sebti, journaliste et collaborateur à l'ENTV, le 28 décembre 1993

-Hirèche Abdelkader, journaliste à l'ENTV, le 1er mars 1994

-Mohamed Hassaim, correspondant du journal " Alger républicain", enlevé le 1er mars 1994 de son domicile à Blida

-Hassan Benouada, journaliste à l'ENTV, victime d'un attentat le 5 mars 1994. Il succombe à ses blessures le 12 mars

-Yahia Benzaghou, journaliste au sein de la "cellule de communication" du premier ministère, le 19 mars 1994

-Madjid Yacef, photographe à ' Hebdo libéré", le 21 mars 1994

-Mohamed Meceffeuk, correspondant à " Détective" et " El-Watan", le 13 mars 1994

-Ferhat Cherki, journaliste à " EL-Moudjahid » le 7 juin 1994

-Hichem Guenif, technicien stagiaire à l'entreprise nationale de radiodiffusion sonore, le 7 juin 1994

-Yasmina Drici, correctrice au " Soir d'Algérie", le 12 juillet 1994

-Mohamed-Lamine-Legoui, journaliste à L'APS de M'SILA, dans la nuit du 20 au 21 juillet 1994 près de son domicile à Boussaada

-Khaled Bougharbal, chef de département à l'entreprise nationale de télédiffusion, le 14 août 1994, à Bouchaoui

-Smail Sbaghdi, journaliste à l'APS, le 25 septembre 1994 à Alger

-Mouloud Baroudi, journaliste de l'Agence nationale des actualités filmées, Tipaza

-Lahcène Bensalah, directeur de la revue " El-Irchad", le 12 octobre à Alger

-Tayeb Bouterfi, journaliste à la chaîne 4, le 16 octobre 1994 à Alger

-Ferrah Ziani, rédacteur en chef à " Révolution africaine", le 19 octobre 1994 à Blida

-Benachour Benslham, journaliste et chef de bureau au quotidien " Horizons", enlevé à son domicile à Mascara le 12 octobre 1994

-Laakhal Yasser dit Nasreddine, journaliste à " El-Massa" de 1985 à 1990 et membre de l'agence Hiwarcom, le 30 novembre 1994 à Blida

-Ahmed Issaad, journaliste à l'ENTV, le 30 novembre 1994

-Saïd Mekbel, journaliste et directeur de la publication " Le matin" est atteint par balles, le 3 décembre 1994. Il succombe le 4 décembre 1994.

-Zineddine-Aliou -Salah, journaliste reporter à " Liberté", le 06 janvier 1995 à Alger

-Ali Abboud, rédacteur en chef adjoint à la chaîne une, blessé le 06 janvier à Birkhadem (Alger) meurt le 8 janvier 1995.

-Abdelhamid Yahiaoui, journaliste au journal " Al-Chaab", assassiné le 13 janvier 1995 à Alger

-Nacer Ouari, journaliste à l'ENTV, assassiné le 1er février 1995 à Blida

-Zaater Boukerbache, journaliste à " El-Djoumhouria" à Oran, assassiné le 17 février à Oran

-Mohamed Abderahmani, directeur général du journal " El-moudjahid", assassiné le 27 mars 1995 à Alger

Les estimations officielles portent le nombre de victimes de cette « sale guerre » à plus de 250 000.

Cette liste macabre a été « inaugurée » par l'assassinat le 26 mai 1993 de l'écrivain journaliste Tahar Djaout. Il laissa derrière lui une jeune veuve et une fille de quatre ans, Kenza, à laquelle Matoub Lounès a dédié une chanson : « *Oh Kenza yelli…svras ilmahana…* » (Traduction : Oh Kenza ma fille, résiste à l'épreuve…).

Citation de Tahar Djaout

« Il y a toujours dans le groupe en marche (en fuite ?) un jeune homme à l'esprit délétère qui porte, en plus du poids du ciel affalé sur le désert, une peine supplémentaire – dans les couloirs de sa tête des milliers de battements d'ailes, des pâturages sans limites, des filles aux lèvres fruitières.

Il connaît déjà la mer, la vastitude de l'eau dansante et l'écartèlement des rivages. Une solitude l'enveloppe, lui tisse une aura d'étrangeté, l'exclut de la caravane. C'est pourtant à lui de trouver l'eau, la parole qui revigore, c'est à lui de révéler le territoire – de l'inventer au besoin.

C'est à lui de relater l'errance, de déjouer les pièges de l'aphasie, de tendre l'oreille aux chuchotements, de nommer les terres traversées » (Tahar Djaout, L'invention du désert, 1987)

Il échappa à la mort avec une mémoire torturée

Nous (journalistes) étions connus comme des loups blancs des hordes terroristes, mais les crimes étaient programmés de façon minutieuse et la vigilance parfois ne suffisait pas, car il fallait « se méfier de tout le monde » dans ce climat d'insécurité ambiant.

Un matin alors que je devais ouvrir le service à huit heures, je trouvais devant la porte d'entrée de l'agence où je travaillais, un collègue de travail, B.A, à « quatre pattes » dans un état épouvantable.

La triste histoire : la veille en rentrant chez lui dans son village à Azazga, 25km à l'Est de Tizi, après une rude journée de travail, il tomba sur un faux barrage dressé par des intégristes. Ils ont trouvé sur lui une carte de presse. « La carte de la mort ! ».

Enlevé, selon son récit, il passa toute la nuit avec les ravisseurs qui l'ont passé à tabac avant de le relâcher à l'aube dans un cimetière au lieu-dit Mdouha, proche banlieue Est de Tizi, en lui intimant l'ordre de « quitter sa profession d'opérateur de presse ou de se voir la tête tranchée ». Son état psychologique était indescriptible

1992 : L'assassinat de l'Historique Mohamed Boudiaf

C'était l'année de « la valise ou du cercueil » que promettaient les islamistes aux démocrates algériens, - même si l'annonce avait été faite bien avant- avec l'assassinat le 29 juin 1992, du Président Mohamed Boudiaf (78 ans), lors d'une réunion publique télévisée à Annaba.

Dure était l'annonce, par une dépêche laconique, envoyée depuis la rédaction régionale d'Annaba, de l'assassinat du Président du Haut conseil d'État (HCA ; structure de suppléance à la vacance du pouvoir pour donner suite à la démission de Chadli Bendjedid).

Cet attentat terroriste a été commis par un de ses gardes du corps, Lambarek Boumarafi, présenté officiellement comme un « fondamentaliste islamique et un sympathisant du Front islamique du salut (FIS) ».

Nous, collègues de travail à la Rédaction de Tizi-Ouzou étions bouleversés et scotchés à nos téléscripteurs tant l'événement était pour nous tous impensable.

Par suite de cette tragédie, nous étions assaillis par des habitants de la cité Nouvelle ville où se trouvait le siège de notre rédaction, pour en savoir un peu plus sur cet attentat retransmis en direct par la Télévision nationale.

L'Historique Mohamed Boudiaf, connu pour ses positions vis-à-vis du pouvoir en place à l'indépendance, a, en l'espace de 5 mois à la tête du HCA, redonné espoir aux Algériens, notamment aux jeunes, en pleine tourmente intégriste.

Il est rentré du Maroc après 30 ans d'exil « à l'appel de la patrie », pour sauver la République du péril intégriste.

« Son assassinat a ouvert une plaie béante dans la mémoire collective des Algériens et creusé le fossé de la méfiance

*gouvernants-gouvernés. La crise est d'ordre moral. En défi-
nitive, le terrorisme s'estompe mais laisse place à d'autres
fléaux. C'est dans sa logique »*, commentait un journaliste
d'El-Watan.

Mohamed Boudiaf est l'auteur du célèbre ouvrage « Où
va l'Algérie ? », un titre qui, à lui seul, résume toute la
débâcle.

« Si on me demandait de choisir entre l'Algérie et la démocratie... »

Je me rappellerai toujours cette phrase contextuelle de
l'un de ses compagnons d'armes et admirateurs, feu Slimane Amirat, illustre patriote qui a trouvé la mort à la
suite d'une crise cardiaque au moment où il venait de
se recueillir devant le cercueil du président défunt.

Il disait : « *Si on me demandait de choisir entre l'Algérie et
la démocratie, je choisirai l'Algérie »*, tout ça pour décrier
la dérive que la démocratie avait prise en Algérie dès
1989 avec la nouvelle constitution qui consacrait le multipartisme.

Le Front islamique du salut (FIS) était déjà des années
en avance sur les nouveaux partis démocratiques nais-
sants. C'est un peu comme dans la fable « L'escargot et
le chacal ».

Quand la Kabylie perd en Matoub, un Rebelle

L''assassinat le 25 juin 1998 du chanteur Matoub Lounès plongea la Kabylie entière dans une détresse profonde. Matoub, 42 ans, héraut de la culture berbère, de la laïcité et de la démocratie, a été assassiné à la sortie de Tizi-Ouzou sur la route menant à Béni-Douala, son village natal.

Sa voiture criblée de balles se trouve actuellement dans sa maison natale, à Taourirt Moussa qui est transformée en siège pour la Fondation portant le nom de Matoub Lounès.

Lors de mon exercice comme enseignant vacataire à l'université de Tizi-Ouzou, Malika, la sœur du chanteur, fut une de mes élèves, en licence de droit. Etablie depuis quelques années à Paris, elle s'est battue à corps et à cris pour faire la lumière sur l'assassinat de son frère.

La corporation de journaliste dont je faisais partie, a vécu ce drame, la mort dans l'âme, vu l'émotion née de notre visite à la morgue de l'hôpital de Tizi-Ouzou pour reconnaître la dépouille mortelle du chanteur.

Durant plusieurs jours, les villages du versant Sud de Tizi, à la tombée de la nuit, allumaient des bougies, signe de fidélité et d'attachement au Rebelle. Vu depuis l'université de Hasnaoua, on se croyait dans un ciel étoilé.

L'ampleur de la couverture médiatique des obsèques du chanteur au village de Taourirt Moussa, reste un des souvenirs à la fois déchirant et inoubliable que le temps aura du mal à effacer.

Pendant des mois, des milliers de visiteurs, venant de toutes les régions d'Algérie, affluaient vers son village pour se recueillir sur sa tombe adossée à un olivier.

Ce fut un véritable pèlerinage sur la tombe de celui qui clamait haut et fort « *je préfère mourir pour mes idées que de vieillesse et de lassitude* ».

« Heureux les martyrs qui n'ont rien vu »

Dans la même foulée, un autre compatriote opposé au régime d'Alger en 1962, Bessaoud Mohand Arab, militant nationaliste algérien et fondateur, avec Taos Amrouche, de l'Académie Berbère de France (en 1966), écrivait, depuis son exil à Londres, un livre intitulé « Heureux les martyrs qui n'ont rien vu », paru en 1993.

En 1997, il rentra au pays. Son accueil à l'aéroport d'Alger, par le mouvement citoyen auquel j'ai eu le bonheur de participer, fut digne de ce grand nationaliste.

Le 1er janvier 2002, il mourut des suites de la maladie de Parkinson et fut enterré à Akaoudj, commune de Ait-Aïssa Mimoun, Tizi-Ouzou. Son village natal est Taguemount Ledjdid, commune des Ouadhias.

Comme tant d'autres amis et collègues de travail, j'ai fini par choisir la valise, la mort dans l'âme, une main devant et une main derrière.

Recevoir une lettre de menace à domicile de la part des sanguinaires, pour rester en vie, ce fut une question de jours sinon d'heures : il fallut donc prendre le chemin de l'exil pour sauver sa peau et celle des siens.

Le dernier reportage : l'intrigue du candidat Bouteflika en campagne à Tizi-Ouzou

Je me rappelle mon dernier reportage en Algérie, à Tizi-Ouzou, lorsque le candidat Bouteflika est venu animer, en octobre 1999, un meeting de campagne présidentielle à la Nouvelle ville, en la salle omnisports Saïd Tazerout.

Saïd Tazerout, brillant journaliste du quotidien « Le Matin » a été assassiné le 3 septembre 1995 à la nouvelle ville. Il était rédacteur en chef du journal régional Le Pays paraissant à Tizi-Ouzou.

Il dénonçait longuement l'intégrisme islamiste en Algérie et enquêtait également sur la corruption de certains hommes politiques locaux, ce qui lui vaudra d'être menacé de mort.

La salle omnisport était pleine à craquer et l'intervenant a inauguré son discours, avec des propos en kabyle que certains, déjà, qualifient de « supercherie ».

« *Je suis parmi vous dans cette terre de la dignité, j'espère que vous n'allez pas m'abandonner* » a-t-il déclaré, suivi d'un tonnerre d'applaudissements. Cet événement n'a pu échapper à la presse locale, à l'exemple notamment de l'hebdomadaire Tamurt (le Pays).

Dans la salle était présente, entre autres invités, la mère de Matoub Lounès, au premier rang, à laquelle Bouteflika avait promis de « faire la lumière sur l'assassinat de son fils ».

Je garde encore minutieusement la minute de cette dépêche que j'ai écrite pour le compte de mon agence et qui fût mon dernier reportage en Algérie.

Deux années plus tard, ce même Bouteflika, alors Président de la République, a réprimé sévèrement le 21e anniversaire du Printemps berbère. Bilan : 125 blessés. Ce qui est alors convenu d'appeler depuis, le « Printemps noir de Kabylie ».

LA-ROCHE-SUR-YON : LE CHOIX DE LA RAISON

Pourquoi La Roche-sur-Yon ?

A l'aveugle auquel on demanda « que cherches-tu ? », il répondit : « de la lumière ». J'avais à choisir entre la ville de Saint-Denis jumelée à ma ville natale Fort-National et La Roche-sur-Yon (en Vendée) qui a été retenue, pour des raisons toutes simples.

J'avais couvert en 1989, pour le compte de ma rédaction, une série de déplacements des autorités yonnaises à Tizi-Ouzou, à leur tête Jacques Auxiette, Maire de La Roche-sur-Yon accompagné, entre autres, de Maurice Huvelin, Président de l'Association pour les Echanges Internationaux et Nationaux.

Ce qui, d'évidence, m'a permis d'avoir un repère sur cette ville jumelle très ouverte sur le monde.

« *(…) Pour nous adultes, nos échanges que nous privilégions pour nos enfants et petits-enfants ont une signification plus forte encore entre nos deux villes et nos deux pays. Ils sont le signe de la réconciliation vécue, de l'amitié retrouvée et partagée dans la vie quotidienne* », a déclaré M. Huvelin dans son discours fortement ovationné, lors de la signature de la charte du jumelage, le 29 décembre 1989.

Je me souviens de son émotion lorsque que le Président de l'assemblée populaire communale de Tizi-Ouzou, M. Ahcène Moussouni, lui a posé un burnous kabyle de couleur blanche sur les épaules.

De plus, la cérémonie s'est déroulée à la Maison de la culture « Mouloud Mammeri » de Tizi-Ouzou, lieu hautement symbolique pour avoir été une prison durant la période d'occupation coloniale.

Cet établissement était dirigé à l'époque par Sid Ahmed Agoumi, célèbre acteur et homme de théâtre algérien qui a joué dans plus d'une cinquantaine de films. Il s'est exilé en France dans les années 1990 pour les mêmes raisons.

Il est coréalisateur de la pièce de théâtre intitulée « Babor Ghrak » (Le naufrage du bateau ...algérien Ndlr) écrite et jouée avec l'incontestable dramaturge algérien Slimane Ben-Aïssa.

La pièce, créée quelques années avant la tourmente intégriste, a été suivie par des milliers de personnes et traduite dans l'Arabe populaire algérien.

En 2005, j'ai eu le bonheur de revoir ces deux comédiens de talent, à la salle de spectacles Le Manège de La Roche-sur-Yon, lors de la présentation de leur nouvelle pièce " Prophètes sans Dieu".

D'autre part, je m'étais familiarisé avec plusieurs autres personnes, à chaque délégation qui venait de La Roche nous rendre visite.

Des patrons algériens à La Roche

Une délégation de la ville de Tizi-Ouzou est reçue en ce moment en terre yonnaise par la ville de La Roche-sur-Yon et la Chambre de commerce et d'industrie. Au printemps dernier, c'est une délégation yonnaise qui était reçue en Algérie. En retour, les Algériens ont choisi l'angle économique et leur délégation est composée de patrons de petites entreprises.

Ouest France du 9 novembre 1999.

Le départ : Trois mois plus tard, la tempête Xynthia

Nous arrivons le 2 novembre 1999 dans la capitale de la Vendée. Aujourd'hui, nous revoyons toujours cette image de Maurice et Marie Jo Huvelin, nous accueillant à la gare de Nantes.

Ils nous attendaient chaleureusement à bord de leur camping-car, à notre descente du train en provenance de Paris. Yacine (6 ans) découvrait ce véhicule pour la première fois, dans la joie et le bonheur.

Premier réveillon en famille chez Maurice et Marie-Jo avec leurs petits enfants

À La Roche, nous avions emménagé dans un studio de 14 m² dans une cité au Clos du Moulin de la Garde. Juste pour permettre à Yacine, de reprendre le chemin de l'école après une rupture de deux mois due à notre départ d'Algérie.

Par la suite, nous avons loué un appartement à la résidence les Primevères, rue Léonce Gluard, sur le quartier La Liberté.

Ironie du sort : Notre atterrissage en Pays yonnais coïncidait presque avec la tempête Xynthia qui a sévi sur la côte Ouest, trois mois plus tard.

Elle a provoqué la mort de 47 personnes, dont 29 dans la seule commune vendéenne de La Faute-sur-Mer, et des dégâts considérables. J'ai suivi cette tragédie pour le compte de mon journal Vendée-Matin.

Le choix du quartier La Liberté, celle pour laquelle on est parti !

Yacine fête ses 8 ans avec sa maman et ses copains yonnais

Une ville, ce sont les femmes et les hommes qui vous accueillent, c'est cette première image qui reste à jamais. La seconde image est la scolarisation de mon fils à l'école Laënnec et, à partir de là, la décantation s'est faite progressivement dans la ville d'adoption.

Notre intégration dans la nouvelle société s'est déroulée de façon naturelle et un réseau d'amis s'est vite constitué autour de nous. Yacine a fait une brillante scolarité à l'école et s'est épanoui dans un club de football à La Généraudière où il détenait une licence de foot.

La suite n'a été qu'une question d'insertion en faisant nôtres les règles de fonctionnement et surtout preuve de patience et de détermination à s'en sortir.

La Roche-sur-Yon fut pour nous un bon choix dans cette traversée du désert. Nous y avions trouvé cinq familles compatriotes qui nous avaient précédé dans l'exil depuis six ans.

« Elles étaient comme nous, fouettées par le même bâton, celui des « chasseurs de lumières », pour reprendre un dicton Kabyle.

Le courrier du cœur

Afin d'entretenir des liens amicaux avec leurs homologues de Tizi Ouzou, les élèves de Laënnec ont choisi l'écriture.

Les 21 élèves de Dominique Monnery, tous en classe de CM2 à l'école Laënnec, débutent une nouvelle histoire de correspondance avec Tizi Ouzou (Algérie). L'aventure a commencé en juin dernier grâce à la visite dans la classe de deux jeunes Tizi Ouzéens. Cette initiative répondait alors à la volonté de l'AEIN (Association des Echanges Internationaux et Nationaux). «Dès la rentrée scolaire, Pierre Poupounot, responsable de la commission Tizi Ouzou à l'AEIN, nous a proposé d'entretenir des liens amicaux avec l'Algérie. Sa requête a tout de suite remportée un vif succès, d'autant plus que Yacine, un de mes élèves, est Kabyle», relate Dominique Monnery, professeur des écoles.

Des échanges à prolonger

Les premières lettres ont été remises samedi 20 décembre à un artisan algérien venu spécialement pour le marché de Noël. «Nous les considérons comme des amis et souhaitons bien sûr les connaître davantage», soulignent Pauline et Etienne. Les jeunes entretiennent également des contacts avec une école de Coleraine (Irlande). «Ça va nous changer. Les modes de vie entre nos trois pays sont vraiment différents», raconte Julien.

Les CM2 de l'école des Robretières correspondent avec l'école de Bounar Belkacen (Tizi Ouzou) depuis un an. Pour la semaine du goût, ils avaient envoyé des pots de confiture à leurs homologues. De l'huile d'olive devrait bientôt leur parvenir en retour. Pourtant, ils ont profité de la venue de l'artisan pour lui transmettre des ouvrages littéraires. «J'espère qu'ils continueront pendant leur vie d'adulte. Nous lançons des opérations souvent à court terme, le changement pour le collège ne facilitant pas les échanges. De si belles choses ne doivent pas se terminer par des échecs», signale Jean-Pierre Boureau, directeur des Robretières.

Mais Pierre Poupounot voit grand pour cette nouvelle

La classe de CM2 de Dominique Monnery correspond avec Tizi Ouzou (Algérie) grâce à l'AEIN.

année. Deux autres écoles devraient suivre le pas et Roche/Tizi Ouzou. Il espère rejoindre la grande famille La aussi y intégrer quelques collèges.

Paroles d'enfants

■ Yacine, 11 ans, est Yonnais d'origine Kabyle. Il a quitté son pays à l'âge de sept ans.

«Je pense que nos correspondants vont avoir un peu de mal à tout comprendre. La France est beaucoup plus «avancée». Nous avons beaucoup de choses qu'ils n'ont pas, et vice versa». Mais lorsque Yacine parle avec ses copains, il s'amuse surtout de leurs questions. «Noël existe-t-il chez toi ? Bien sûr que non. Et pâques ? Pas plus». Alors de quoi parler que Noël pour les Tizi ouzéens.

■ Le père de Julien est Kabyle. L'été prochain, l'enfant découvrira la terre de ses ancêtres. En attendant, la correspondance est un moyen de mieux connaître ce pays.

«J'ai vraiment hâte d'y aller. Avant l'échange avec cette classe, je lui posais déjà beaucoup de questions sur ses origines, son mode de vie... Maintenant ce sera encore pire. Il est incontestablement ravi pour moi».

■ Alexandre, 10 ans, est élève en CM2 aux Robretières. Il n'a encore jamais vu ses correspondants, sauf par échanges de photographies.

«Nous sommes 18 dans notre classe et tous très satisfaits de notre communication avec les Algériens. Pourtant, nous trouvons parfois que les réponses à nos questions sont longues à nous revenir. Maintenant, nous espérons tous pouvoir les accueillir bientôt ou leur rendre visite».

Pays Yonnais
Du 25 / dec 2003

Yacine interviewé par le journal du Pays Yonnais

Yacine évoluant en benjamin : 1er rang, quatrième à gauche

Après 20 ans de journalisme agencier en Algérie, pigiste à Vendée-Matin

En 2000, le temps d'avoir quelques repères sur ma ville d'adoption, j'entamais une collaboration de pigiste à Vendée-Matin, le plus souvent au poste de localier, avant d'être accrédité dans les quartiers où je me suis « spécialisé » dans l'information de proximité.

Une bonne ambiance de travail et ce fut une occasion inespérée pour moi de garder un pied dans mon métier de journaliste, exercé pendant 20 ans dans mon pays.

Impressions d'un journaliste algérien sur la récente venue de Tizi-Ouzou à La Roche-sur-Yon

Photo Guy-André Coquet

Salah Yataguene est journaliste à Algérie-Presse-Service.

Journaliste à Algérie-Presse-Service, l'équivalent de notre Agence-France-Presse, Salah Yataguene a accompagné récemment la récente délégation économique de Tizi-Ouzou. A notre demande, il nous fait part de ses impressions.

S'exprimant en tant que « citoyen de la ville de Tizi-Ouzou » mais aussi comme journaliste, « qui a eu le privilège de suivre de bout en bout les différentes étapes d'évolution du jumelage », il considère que la mission économique Tizi-Ouzéenne en Vendée constitue « un moment fort de redéploiement et de relance de cette coopération que les deux parties ont voulu résolument inscrire dans la durée ».

Après avoir rappelé que la visite d'une importante délégation yonnaise, en juin dernier, à Tizi-Ouzou avait permis « d'identifier un certain nombre de pistes de réflexion sur le développement économique et la gestion urbaine », il précise, cette fois, à la suite de la venue des Algériens au chef-lieu de la Vendée : « Cette nouvelle rencontre s'est soldée par le fait que la dizaine de chefs d'entreprises algériens ont pu nouer des contacts avec leurs homologues vendéens ». Puis, reprenant des propos tenus par le président de la Chambre de commerce de Tizi-Ouzou, il conclut : « Vous avez un savoir-faire.

Nous avons un marché à développer et un réservoir de compétences, qui ne demandent qu'à se mettre en œuvre. Ces propos résument, si besoin est, le fait que les ponts entre les deux municipalités sont jetés. Il ne manque qu'à mettre la locomotive en marche ».

Recueilli par G.-A. C

Vendée matin le 11/11/99

Une première interview livrée à Vendée matin lors de mon arrivée à La Roche-sur-Yon en 1999, à l'occasion de la visite d'une délégation d'entrepreneurs Algériens

Début 2001 : nous venions d'obtenir notre régularisation de la Préfecture de la Vendée, en vertu de la loi Chevènement consacrant le statut d'Asile territorial pour les intellectuels algériens menacés dans leur pays.

20 ans d'investissement dans la vie associative

Parallèlement à cette collaboration avec le quotidien Vendée-Matin qui a duré six ans, je me suis investi dans la vie associative, notamment dans l'association pour les Echanges internationaux et nationaux (AEIN) à la commission Tizi-Ouzou. Ce qui a apaisé un tant soit peu mon exil. Six mois après mon installation dans la ville yonnaise, j'accompagnais, avec des bénévoles de cette commission, un groupe de jeunes Tizi-Ouzéens, pour une visite touristique à La Rochelle. Ce fut un des premiers accueils de relance du jumelage depuis la « décennie noire ». Une occasion heureuse d'accueillir les miens sur l'autre rive.

Le jumelage, ce fut aussi pour moi une occasion inespérée de retrouver à La Roche, d'anciens amis avec qui j'ai partagé d'intenses moments dans la ville des Genêts. C'est lors du traditionnel Marché de Noël de La Roche-sur-Yon, auquel ils furent invités pendant dix ans en tant qu'artisans de bijoux berbères de Kabylie. Il s'agit d'Amar et Samia Oukali, d'Arezki Merad et de Saïd Amari.

Les jeunes de Tizi-Ouzou visitent La Rochelle

Photo Salah Yataguene

La Rochelle, cité balnéaire, rappelle à ces jeunes Tizi-Ouzéens l'antique Tigzirt-sur-Mer en Kabylie.

Le groupe de jeunes Tizi-Ouzéens qui séjourne depuis le 22 avril à La Roche-sur-Yon est allé visiter La Rochelle.

La coquette ville de La Rochelle, avec son magnifique aquarium et sa majestueuse île de Ré, étaient mercredi, au programme de la visite du groupe d'enfants Tizi-Ouzéens qui séjourne depuis le 22 avril à La Roche-sur-Yon.

Accompagnés par leurs familles d'accueil et Patricia Poireaud, secrétaire adjointe et membre de la commission de Tizi-Ouzou de l'Association des échanges internationaux et nationaux (AEIN), ces petits Algériens entamaient leur périple à l'Aquarium de la ville où ils se sont informés sur les différentes espèces de la faune marine et biotopes.

Visiblement très émerveillés par ce petit musée aquatique, ces enfants s'étaient donnés à cœur joie à des questions réponses portant notamment sur tout ce qui a trait à la vie de ces animaux marins.

Delà, la délégation ralliait l'île de Ré dont ils ont visité les différentes forteresses et reçu des explications sur l'historique du site, avant de savourer un déjeuner organisé en pique-nique sur la plage.

Sur site, les petits Tiziouzéens prenaient tout leur temps à ramasser des coquillages et à contempler la grande bleue tant le soleil était de la partie alors que dans la matinée tous appréhendaient une sortie morose et pluvieuse.

Surprenante marée

Sur le chemin de retour à La Rochelle, ces enfants ont pu assister à leur grand étonnement au phénomène de la marée basse et de la marée haute qu'ils découvraient pour la première fois, après les avoir connues qu'à travers des manuels scolaires.

« Au retour à Tizi-Ouzou, je dirai à mes copains que j'ai vu la mer partir en laissant derrière elle des petits bateaux » disait Yacine Kadri. « Mais on ne voit plus la marée noire ! » plaisantait sa collègue Célia Belhadji.

Salah Yataguene

28/04/2000

Entouré des jeunes de Tizi, je participais aux élans de relance du jumelage

J'étais aussi adhérent actif à la Ligue des droits de l'Homme dont je salue la mémoire du président M. Roland Robert. Tout comme je redis mes amitiés à son successeur Mme Janine Morin.

85

Premier retour en Algérie

En 2002, en compagnie de madame Patricia Poireaud, Maurice Huvelin et Pierre Poupounot, j'ai effectué un voyage à Tizi-Ouzou dans le cadre d'une mission de l'AEIN : une semaine à Tizi en plein Ramadhan, avec une visite éclair dans ma famille.

Je réalisais pour le compte de cette association une série de photos « Portraits et scènes de rue à Tizi », qui a fait le tour des Maisons de quartier yonnaises.

Anniversaire du jumelage La Roche-sur-Yon-Tizi-Ouzou

En 2008, quelques mois avant le double anniversaire de jumelage : 20 ans avec Tizi-Ouzou et 40 avec la ville allemande de Gummersbach, baptisé Tizi-Gum'Yon, nous entreprîmes une mission à Tizi-Ouzou avec Pierre Poupounot, président de la commission de Tizi-Ouzou, un bénévole hors pair qui a fait bouger les lignes en mettant du cœur et de la motivation.

L'objectif était de contacter le chanteur populaire chaâbi de musique kabyle Lounès Khéloui, pour un gala en terre Yonnaise.

Nous nous rendîmes à sa maison sise à l'entrée Est de la ville des Genêts. On se souviendra pour longtemps de son accueil et de son humilité.

« *Le message est bien passé, je m'engage à venir et à vous honorer* » nous promettait-il en souriant. C'était chose faite le jour J.

Trente-trois ans après la signature de ce jumelage, il ne reste de ce dernier que l'ombre de cet anniversaire : seules quelques timides actions ont pu être réalisées.

En effet, après le coup fatal qui lui a été porté par la Décennie noire, les quelques tentatives de relance, initiées depuis 2015 par la nouvelle municipalité yonnaise, n'ont pas eu trop d'écho dans la ville partenaire. Ce qui a fait dire aux nostalgiques de cette Amitié que « ce ne sera pas demain la veille, les années euphoriques »

« Il ne restait de l'oued que ses pierres »

« *Il ne reste de l'oued que ses pierres* », expression populaire algéroise célèbre qualifiant un déluge ou tout au moins, une régression.

Tizi pleure son passé ! Autant j'étais réjoui de revoir les miens et la coquette ville des Genêts que j'avais laissée dans un état de salubrité digne des villes propres et avenantes, autant j'étais déçu par ce qu'elle est devenue à certains égards, notamment sur le plan de l'environnement et de l'urbanisme.

Les traces du « printemps noir » de 2001 étaient visibles partout. Trottoirs squattés par le commerce du Trabendo, stationnements et conduites automobiles anarchiques, transport urbain décadent…

Bref, la Ville en voulait à ses autorités, et à ses habitants pour leur incivisme, me disait, impuissant un Vieux commerçant d'un ton dépité.

Ce qui m'a choqué le plus est cette anarchie du commerce informel qui rongeait le centre-ville, en donnant à l'urbanisme commercial une image répugnante. L'instabilité institutionnelle de la municipalité, le « pourrissement politique » qu'a vécu la région de Tizi-Ouzou et l'insécurité ambiante qui a régné depuis cette date, ont eu des répercussions néfastes sur le cadre de vie des habitants qui avaient l'air usés par le quotidien.

Ce quotidien est fait de désœuvrement et d'absence de perspectives, notamment pour les jeunes, et de crise de confiance vis à vis à la fois des pouvoirs publics et des partis politiques.

La région, connue pour sa cohésion sociale semblait essoufflée par le mouvement citoyen dit « Larouche » (tribus) né à la suite des émeutes du « Printemps noir ». Le chanteur Matoub Lounès avait décrit déjà cette situation dans une de ses chansons : « *Les enfants des années 1980 sont fatigués…* »

Quand la Nouvelle ville voit son avenir plombé par le béton

J'ai eu du mal à reconnaître le chemin menant à mon appartement situé dans la Nouvelle ville, à cause de la « mafia politico-financière » qui s'était emparée de bon nombre d'espaces verts, pour ériger d'hideuses bâtisses et coopératives immobilières.

La tour où j'habitais, qui avait auparavant une vue imprenable sur la cité des Genêts et les hauteurs de Tizi, notamment le mont Belloua, est prise en sandwich par ces constructions anarchiques réalisées par des spéculateurs véreux du foncier.

Tizi-Ouzou, la ville des Genêts, carte postale

Conçue pour être une cité de 2000 habitants avec toute l'infrastructure socioculturelle d'accompagnement, la Nouvelle ville est devenue une cité dortoir, abritant pas moins de 10 000 habitants. « *Son mauvais sort semble être scellé pour toutes les années à venir* », désespèrent ses premiers locataires dont j'ai rencontré certains.

Je renouais avec la neige et la montagne

Immersion dans le village de Salmaise, en Bourgogne

Septembre 2003 : connaissance heureuse avec une famille qui a fait preuve d'un soutien indéfectible à mon égard. La relation faite de considération mutuelle se poursuit de façon appréciable.

Je lui dois, entre autres, la découverte de nombreuses villes de France lors de sorties sympathiques. La dernière en date, remonte à mars 2021, dans le pays du Mont-Blanc en Haute-Savoie, véritable immersion dans la montagne.

De ces aventures sont nées mes envies pour des balades et randonnées sur des chemins pédestres et de traverse qui m'ont permis la découverte de la richesse des villages de France, de leur patrimoine et surtout de l'intérêt porté par les populations à l'environnement.

Yacine retrouve ses amis Algériens

Yacine, quatrième à partir de la gauche, avec ses amis :
Saïd, Lyes, Khaled, dans sa maison natale, à Tizi-Ouzou

En 2005 : 2e voyage privé en Algérie avec Yacine, pour 20 jours. De l'émotion et du plaisir de revoir les siens, les amis, l'appartement de Tizi-Ouzou où Yacine a passé ses premières années, de rencontrer des copains qui lui sont restés toujours fidèles, à l'exemple de Khaled et Amal, eux aussi ravis de le revoir.

Khaled et Amal sont les enfants d'un couple chaleureux - voisins de palier - qui a accepté, lors de notre départ précipité d'Algérie, de prendre soin de notre appartement comme si c'était le leur : entretien des lieux, arrosage des plantes.

Le résultat au bout de l'effort...

Juin 2005 : Une opportunité professionnelle s'est ouverte devant moi avec un emploi comme journaliste permanent à la Ville de La Roche où je me suis vu confier la rédaction d'une nouvelle publication annexée au magazine mensuel Roche-Mag (actuel Roche plus), intitulée « Ensemble allons plus loin ».

Ce journal trimestriel de l'expression citoyenne est né des Premières assises de la démocratie participative de la Ville. Ce fut une perspective professionnelle qui est tombée à point nommé alors que Vendée-Matin voyait déjà son avenir s'assombrir jusqu'à son rachat, la même année, par Ouest-France.

La compression d'effectifs qui a frappé ce journal a laissé sur le carreau les plus belles plumes de ce Canard né de la « Résistance » et qui rivalisait, à plusieurs titres, avec Ouest-France, le plus grand quotidien de l'Hexagone.

J'estime y avoir passé de bons moments avec Jean-Claude Dugat, responsable de la rédaction, Bertrand Illigems, Gloria Vella...avec qui j'entretiens toujours de bonnes relations.

Un travail passionnant et valorisant…

Le journal trimestriel « Ensemble allons plus loin » est né à la suite des premières assises de la démocratie participative en 2005. En l'espace d'une année d'existence, il a donné la parole aux Yonnais, notamment aux instances consultatives de la Ville (Conseil municipal des

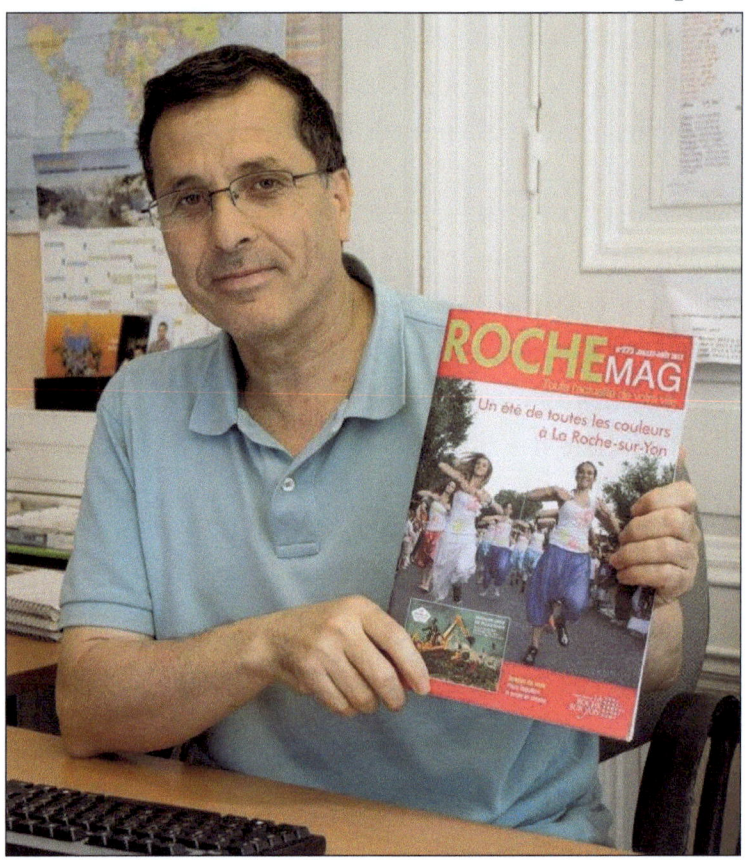

Le Magasine de la Ville tiré à 93 000 exemplaires/mois

jeunes, des Sages, Conseillers de quartier, Groupes de projets) et à valoriser les acteurs de la vie des quartiers.

En 2006, cette publication change de périodicité et intègre Roche-Mag dans son format, avec un quatre-pages dédié à la Vie des quartiers.

Parallèlement, je continuais toujours à assurer quelques chroniques culturelles à Vendée-Matin notamment sur le quartier du Centre-ville-Pont Morineau.

Premier exercice du droit de vote

Mars 2008, je votais pour la première fois aux élections municipales en France. Dans la compétition, une liste était alors menée par le maire sortant Pierre Regnault qui, en tant que Premier adjoint, avait succédé à Jacques Auxiette, élu Président de Région des Pays de La Loire en 2004. Il a été élu.

Après 37 ans de règne de la gauche, en 2014, la Municipalité yonnaise est passée à droite, à sa tête, le maire Luc Bouard, reconduit en 2020.

Ce changement, je l'ai vécu de l'intérieur, à travers l'exercice de ma profession.

La vie dans l'exil, c'est aussi la poursuite du combat démocratique en faveur de l'Algérie, c'est l'investissement dans les échanges entre nos deux villes jumelles, tel l'accueil des jeunes algériens de Tizi-Ouzou.

A La Roche, je faisais partie du Collectif de soutien et d'accompagnent du jeune Farid Açid, (21 ans), natif de Tizi-Ghennif, au sud de Tizi-Ouzou, blessé lors du « Printemps noir » de 2001. Il fut la 125éme victime de ces émeutes.

Gravement atteint par des balles explosives, au thorax et à la colonne vertébrale, il fut transféré par Médecins sans Frontières, dans l'urgence, à La Roche-sur-Yon, comme tant de ses collègues dans d'autres villes de France et pris en charge par l'Association des médecins Kabyles de Paris.

Idir encore comme pour toutes les causes justes !

Le célèbre chanteur Idir a fait un déplacement de Paris pour un spectacle à la grande salle des fêtes du Bourg-sous-La Roche. Les recettes ont été intégralement reversées à Farid pour l'ouverture d'un compte bancaire.

L'ambassadeur de la chanson kabyle moderne est déjà un habitué des lieux. Il venait régulièrement au festival « Chantez guiguette » de Piquet, commune du Tablier, où il a pu fidéliser de nombreux admirateurs.

Pour Farid, de nombreuses mains se sont aussi tendues pour l'assister dans son hospitalisation, à l'exemple de Mme Yolande Goureau qui allait à son chevet, au quotidien, lui assurer des cours d'apprentissage du français.

Un jour, lors d'une visite en compagnie de mon fils, nous lui demandions ce qui lui ferait plaisir lors de notre prochaine venue. Il répondit spontanément : des CD de Matoub Lounès et mes parents. Je ne vous décrirais pas notre émotion…

Huit années après, le 19 juillet 2009, évacué au service des urgences du CHU de l'Hôtel-Dieu de Nantes, Farid, paraplégique, décède d'une occlusion intestinale résultant de ses blessures.

La passerelle d'amitié France-Algérie

La création de l'association Algérie France Amitié, (Alfa), au départ appelée Collectif Algérie Vendée, née à la suite de cet accueil, fut une des étapes importantes de mon exil car elle incarnait toute la symbolique de soutien aux démocrates algériens, de l'amitié entre les peuples et donnait du sens à mon intégration.

Pendant 20 ans, je m'y suis investi avec des compatriotes, corps et âme, aussi bien en tant que responsable que membre actif, avec des Français et Françaises qui portent l'Algérie dans leur cœur, à titre de citoyens, de coopérants, d'appelés du contingent ou de Pieds noirs.

Alfa s'est donné pour objectifs le rapprochement des peuples français et algérien, dans un esprit favorisant la connaissance réciproque, le partage, la tolérance, la laïcité et la découverte de nos cultures.

Elle avait, en plus du rayonnement sur la place yonnaise, à travers diverses animations dont l'incontournable Yennayer (Nouvel an berbère), organisé deux voyages en Algérie avec des accueils chez l'habitant et avait tissé des liens solides dans la durée. Ces échanges intenses ont permis des retrouvailles sur la rive gauche des années plus tard.

L'exemple de Yves-Marie est édifiant : coopérant durant la période postindépendance de l'Algérie, à Ath-Yani, comme enseignant du collège, il se définit, au vu des bons souvenirs qu'il a gardés des populations de ces villages réputés pour leurs bijoux, comme « Le Kabyle d'At-Yani ».

Son passage à la tête de l'association, puis son premier retour en Algérie, après quarante ans, n'ont fait que lui procurer du bonheur et lui ont permis de retrouver certains de ses anciens élèves.

Dans une préface d'un Carnet de voyage d'Alfa élaboré à la suite d'un voyage de l'association en Algérie auquel il n'a pas pu participer, la mort dans l'âme, il écrivait, en substance :

« *Présenter cet album par ceux que le mauvais coup du sort a empêchés de prendre part au voyage, est une drôle et merveilleuse idée. Vous ne nous voyez pas sur les photos mais nous sommes là…à travers vous toutes et tous, enchantés et même au-delà.*

Nous en avions rêvé depuis longtemps, pour renforcer encore les liens entre les gens de Kabylie, de Vendée et des Pays de La Loire, vous l'avez réalisé.

En effet, ce projet a été une belle réussite d'Alfa. La qualité et la chaleur de l'accueil des familles et amis, la découverte de la beauté du pays, de sa culture, le travail des associations, des responsables rencontrés…sont autant de facettes de ce voyage. Alfa a ouvert ainsi une nouvelle voie entre nos deux pays inséparables ».

Après une semence de 20 ans, Alfa a disparu du paysage associatif yonnais depuis juin 2019, en laissant derrière elle, une belle toile tissée par celles et ceux qui croient réellement à l'amitié entre les peuples.

Michelle Fétiveau et Yves-Marie Marionneau, deux incondi-tionnels de l'amitié France-Algérie

Les anneaux de l'amitié…

Femme de conviction et d'ouverture sur l'autre, Michelle s'est investie de façon inconditionnelle dans l'association et a tissé un réseau d'amis dans cette Kabylie qui l'a fascinée à l'occasion des deux voyages effectués en Algérie sous la houlette de l'association Alfa.

Ancienne secrétaire d'Alfa, elle a laissé, comme il se doit, son empreinte sur les bons moments d'échanges que l'association a eu à partager avec nos amis Algériens de Kabylie.

Michelle fait partie des ceux et de celles qui ont marqué mon exil en Vendée par ses valeurs humaines et son esprit d'ouverture sur le monde. Je lui dois respect et considération.

A la suite d'un de ces voyages, elle écrivait dans un Carnet de bord (mai 2013) de l'association : « *Cette première rencontre avec la Kabylie et ses habitants, restera pour moi un voyage inoubliable et marquant par l'exceptionnelle qualité et authenticité des rencontres, par sa richesse cultuelle et par la beauté de ses paysages... ».*

Et d'ajouter : « *J'ai trouvé des êtres optimistes, bâtisseurs animés de profondes convictions et d'une volonté inflexible pour voir aboutir leur idéal... ».*

Une autre cheville ouvrière, Brigitte Hilico, qui dans une parfaite symbiose avec Michelle a tout donné à l'association. Discrète et cartésienne dans sa façon de faire, elle fait partie également de ces gens de convictions, les premiers à donner l'exemple.

Elle s'étonnait, dans le même carnet de bord, du peu de maisons anciennes encore visibles dans les villages traversés. Ce qui lui a inspiré le commentaire : « *J'appellerais bien cette région (La Kabylie), le pays des maisons avec des fers en attente* ».

L'Algérie, à quand l'issue ?

Lecteur assidu du quotidien indépendant El-Watan, qui me permet de suivre au jour le jour l'évolution de la situation socio-économique et sécuritaire dans mon pays depuis mon exil, je suis à la fois optimiste et septique.

Ce paradoxe trouverait son explication dans le constat qui veut que si l'Algérie n'a pas sombré dans une République islamique dans les années de plomb de 1992, elle ne le sera jamais, grâce à la bravoure de ses enfants.

Je suis septique par rapport à la persistance de la crise qu'endure le pays, en l'absence d'un traitement économique à même de booster durablement le développement et de soustraire surtout la jeunesse au désœuvrement et au désespoir. Cette jeunesse qui ne cesse de rêver de gagner l'Eldorado, même au prix de sa vie.

« L'effondrement de l'économie de l'Etat à moyen terme est inéluctable si l'on continue avec ce système de gouvernance. Les prévisions apocalyptiques qui donnent froid dans le dos n'ont pas été faites par un quelconque économiste, mais par

Ahmed Benbitour, ancien Chef du gouvernement, connu pour sa compétence, sa probité morale et intellectuelle. Un autre ancien chef du gouvernement avait tenu les mêmes propos en cercle restreint que le pays est miné et que les bombes à retardement ont été placées partout en vue de leur explosion à la fin du système (…) », écrivait en substance le 24 août 2009 l'éditorialiste du quotidien El-Watan. Dix ans après, la révolte a commencé et est loin d'être finie…

La fuite des cadres et l'éclatement des élites nationales est également une des grandes saignées du Pays. Ce qui accrédite la thèse que l'Algérie forme pour d'autres pays à tous les niveaux. L'absence d'une réelle ouverture démocratique ne fait qu'accentuer le malaise et éloigner de la vraie solution.

Algérie-actualité : Le Hirak ou l'appel pressant du peuple pour un changement profond

En février 2019, un mouvement citoyen d'ampleur nationale, dénommé le Hirak revendiquant un vrai changement dans le pays, a chassé le président Bouteflika qui a régné en maitre sur l'Algérie pendant quatre mandats.

Ce mouvement, auquel adhérent toutes les régions du pays, a suscité l'admiration du monde entier vu son caractère pacifique, sa détermination et ses capacités de mobilisation.

Deux années après, le Hirak reste sur sa faim et estime que les petites « concessions » faites par le pouvoir restent en de ça des exigences et des aspirations profondes du peuple.

Ainsi, la pause imposée par la pandémie de la Covid-19 n'a fait qu'huiler la détermination de ce mouvement qui promet d'aller jusqu'au bout.

L'annonce récente par le nouveau président de la république Abdelmadjid Tebboune, des législatives et des locales avant l'été 2021 n'aurait pas ramené d'apaisement dans les esprits des manifestants, au contraire…

Le combat continue…

Pour preuve, les manifestants ont repris leur mobilisation de plus belle depuis février 2021, date anniversaire de cette révolte populaire, et avec la même ténacité et les mêmes exigences, à savoir « le départ de tous les dignitaires du régime et pour une véritable démocratie ».

Dans cette lutte historique, les analystes de la scène politique nationale pensent que le salut viendrait également de l'appui des Algériens vivant à l'étranger, notamment de ses élites en exil, qui se doivent de peser sur l'avenir de leur pays pour rattraper le train de l'histoire.

Ainsi, je terminerai mon propos un hommage à toutes les forces vives du Pays qui mènent un combat implacable sur le terrain contre les forces de l'immobilisme et d'hostilité au changement. Les plus optimistes soutiennent que dans le futur « il y aura de l'avenir ».

La rue renoue avec ses manifestants pour le changement

La passerelle numérique : Le-Tizitoucourt

En 2012, je mettais en ligne mon blog le Tizitoucourt, pour naviguer entre les deux rives : la France et l'Algérie, voir au-delà, avec toutefois une ouverture particulière sur la Vendée et la Kabylie.

Mon objectif est de faire découvrir et partager nos cultures. En l'espace de dix ans, j'ai pu publier pas moins de 1500 chroniques sur la toile, avec des thèmes divers et variés.

Cette belle expérience me permet également de maintenir le contact avec des amis Algériens que je n'ai pas revus, pour certains, depuis mon départ.

Venue l'heure de la retraite

Après plusieurs années de journalisme au sein de la collectivité, en 2019, je partais à la retraite qui bouclait, avec les années travaillées en Algérie, 37 ans dans ce métier.

Les rencontres et les échanges avec les habitants Yonnais restent pour moi des moments importants. Comme pour toute chose, il faut considérer la fin : j'offris un pot de départ à mes collègues, empreint d'émotion et de convivialité. Avec quelques cornes de gazelle confectionnées par mes soins et appréciées de tous, le tour était bien joué !

Photo de famille avec mes collègues de la com, au complet
(Crédit photo dir-com)

Covid 19 : Quand un virus s'attaque à la liberté

Mi-mars 2020, les Français étaient soumis à un régime draconien en termes de jouissance des libertés publiques et privées, pour faire face à la pandémie qui a fait des ravages particulièrement dans les Etablissements d'hébergement pour personnes âgées dépendantes (EPHAD).

Ce fut l'apparition d'abord de l'épisode du masque «polémique», suivi des protocoles sanitaires et de confinement.

L'épidémie est mondiale mais chaque Etat a sa straté-
gie. Dans cette guerre sans nom, le personnel soignant
était en première ligne, son combat a été salué par tous.

Tous les regards étaient braqués sur la recherche dans
l'espoir d'un vaccin qui pourrait épargner des vies humaines. D'emblée, au début de la crise, le président de
la république Emmanuel Macron n'est pas passé par
trente-six chemins pour annoncer que « la France est en
guerre ».

L'économie au ralenti, le moral des ménages dans le
creux de la vague, la mise en route du télétravail, l'annulation de toutes les manifestations culturelles et la
fermeture des établissements diffusant de la culture, et
temporairement des écoles. Bref, en une année, les libertés ont pris un sacré coup.

Mais depuis février 2021, une lueur d'espoir reste per-
mise avec l'entame de la vaccination, qui elle aussi n'a
pas échappé à la polémique, mais toujours sur fond
d'une vigilance accrue car le virus est toujours-là et il a
développé des variants. !

Ne pas baisser la garde est le leitmotiv des autorités sanitaires et politiques. La prise de conscience collective
face à ce danger, semble s'accentuer de jour en jour.

« A quelque chose malheur est bon ». La pandémie m'a
permis de rebondir sur une ambition entretenue depuis

quelques années, à savoir de finaliser et mettre sous presse ce modeste ouvrage.

L'exil est un dur métier.

Longue est notre marche... mais l'avenir est devant !

« Partir c'est mourir un peu », dixit l'écrivain Djaout. On ne connait pas la date de départ ni celle d'arrivée et encore moins celle du retour. L'exil est rond.

La terre d'accueil vous offre une image de réconfort dans votre quête de la sécurité et des calmants aux cauchemars qui vous ont torpillés et contraint votre traversée de désert, le plus souvent une main devant, une main derrière.

Mais cette thérapie n'est que provisoire car derrière vous, vous avez laissé une Âme. Le corps est parti mais

110

elle ne vous a pas suivi. Celle-ci se trouve partout : dans votre maison, votre village, votre jardin, chez l'ami…

Dans la quête de tes repères, au plus profond de ton âme, tu trouveras un ciel mais il n'y a pas ton étoile.

Je terminerai par un extrait de la célèbre chanson de Lounis Aït Menguellet « *Idhul sanga nroh* ».

Ô soleil ne te couche pas
Nous marchons tant que tu es là
Craignant la nuit sur nos pas
Longue est notre marche